W0287297

TU T'APPELAIS MARIA SCHNEIDER

DU MÊME AUTEUR

La Déprime des politiques, Seuil, 2001.
La Mère de ma mère, Stock, 2008.
Tâche de ne pas devenir folle, Stock, 2009.
Le Pacte des vierges, Stock, 2011.
Le Jour où tu m'as quittée, Stock, 2014.
L'Énigmatique Monsieur Hollande. *Dans les coulisses de l'Élysée*, avec Jean-Claude Coutausse, Stock, 2015.
Le Mauvais Génie, avec Ariane Chemin, Fayard, 2015.

VANESSA SCHNEIDER

TU T'APPELAIS MARIA SCHNEIDER

BERNARD GRASSET
PARIS

page 190 : Patti Smith, *Maria* (*Banga*, Sony Entertainment, 2012).

ISBN 978-2-246-86108-9

Tous droits de traduction, de reproduction et d'adaptation
réservés pour tous pays.

© *Vanessa Schneider et les Éditions Grasset & Fasquelle, 2018.*

« J'ai eu une belle vie. » Tu as glissé cette phrase comme un doigt fatigué se promène sur une panne de velours avec un sourire doux et le regard envolé vers des souvenirs heureux. C'était quelques jours avant la mort. Tu ne l'as pas dit pour nous faire plaisir, ce n'était pas ton genre, ni pour t'en convaincre toi-même, tu semblais profondément le penser. Ces mots, je ne les ai pas compris tout de suite. Ils ont d'abord résonné comme une fausse note bruyamment imposée dans une partition tenue. J'avais depuis si longtemps pris l'habitude de te plaindre, de m'inquiéter pour toi, de m'assombrir sur tes malheurs qui étaient aussi les nôtres. Tu y croyais, pourtant. « J'ai eu une belle vie. » Et c'était si bon que tu voies les choses ainsi.

Tu avais cinquante-huit ans lorsque tu nous as quittés. On explique communément que ce n'est pas un âge pour mourir. Cet âge, pour être honnête, nous n'aurions jamais cru que tu l'atteindrais un jour. Tu fais partie de ces personnalités dont on se dit, lorsqu'on apprend leur décès, qu'on les pensait disparues depuis des années tant elles semblent appartenir à un passé lointain. En ce début février 2011, la presse te rappelle à la mémoire de ceux qui t'ont oubliée. Sur les sites Internet, dans les pages des journaux, tu reviens, le temps de quelques heures, d'une poignée de jours, sur le devant de la scène. Les différents articles retracent la même histoire, tissage plus ou moins grossier de formules rebattues et de clichés épais : « L'enfant perdue du cinéma », « le destin tragique », « l'actrice sulfureuse ». On y parle de ta carrière brisée, du *Dernier Tango à Paris*, de sexe, de drogue, de la dureté du monde du cinéma, des ravages des années 70. Personne n'a écrit que tu étais partie en buvant du champagne, ta boisson favorite, la mienne aussi, celle qui fait oublier les meurtrissures de l'enfance et qui nimbe de joie les fêlures intimes des âmes trop sensibles. Tu t'en es allée au milieu des bulles et des éclats de rire, de visages aimants et de sourires pétillants. Debout, la tête haute, légèrement enivrée. Avec panache.

Alain Delon s'est placé au premier rang. J'ignore depuis quand il ne t'avait vue, mais il s'est assis, crinière blanche et sourcils plus froncés que jamais, sur les bancs de la famille. Tu avais souhaité que l'on te dise au revoir à l'église Saint-Roch, celle des artistes et des vedettes, située au cœur de Paris, cette ville que tu avais essayé de quitter tant de fois pour toujours y revenir. Tu avais indiqué avec précision les musiques que tu souhaitais pour la cérémonie, du Bach essentiellement, et les gens que tu voulais voir invités. Avec le temps, nous t'avions découverte croyante. Tu avais retrouvé les gestes de la religion de ton enfance. Tu disposais régulièrement des cierges dans les églises et tu faisais des vœux. Tu parlais de cela au milieu d'autres considérations sur l'astrologie et l'influence des planètes sur les caractères. L'imbrication de ces superstitions disparates ne semblait te poser aucun problème.

Ce jour-là à Saint-Roch, dont le clocher ruisselle d'une pluie drue, je me retrouve derrière Alain Delon.

Il a insisté pour prononcer le premier hommage, lire la lettre que Brigitte Bardot a écrite pour toi et qu'elle n'a pas eu la force de venir dire elle-même. Sa voix grave s'est mise au service des mots de Bardot, comme s'ils s'étaient accordés pour te dire la même chose, tes deux parrains de cinéma. Il y a beaucoup de monde sous la voûte de pierres froides. Les derniers de notre famille décimée, tes amis, si nombreux, un ancien ministre de la Culture ou peut-être deux, des inconnus venus te dire adieu, les Gélin, tes demi-frères et sœurs que nous retrouverons plus tard au Père-Lachaise pour ta crémation, des visages que nous ne connaissons que par les magazines. Certains sur lesquels nous peinons à remettre un nom, d'anciennes gloires des années 70, des survivantes comme tu l'as été : Dominique Sanda, Christine Boisson, qui a joué dans *Emmanuelle*. Ils sont nombreux à se souvenir de toi, beaucoup à t'avoir admirée, davantage sans doute que tu ne l'avais imaginé. Ta mère, elle, n'est pas là. Elle n'a pas pris le vol Nice-Paris. Elle a fait dire qu'elle était trop fatiguée.

Tout est contenu à l'intérieur d'une pochette rouge cartonnée, de celles que l'on utilise à l'école pour classer les devoirs, avec deux élastiques aux angles en guise de fermeture. Il y a là des photos de toi dénichées dans les magazines, des interviews, les dossiers de presse de tes films. J'ai six ans, huit ans, dix ans, douze ans et je collectionne tout ce qui te concerne avec une application maniaque. Je découpe les articles où ton nom apparaît à l'aide de ciseaux à bouts ronds. Je supplie ma mère de me confier des portraits de toi à mon âge, ainsi que tes premiers dessins. J'ai décoré l'enveloppe renfermant mon butin avec des paillettes multicolores et des étoiles autocollantes. Au milieu j'ai apposé un cliché te représentant en noir et blanc imprimé sur du papier journal de mauvaise qualité. Tu as des joues rondes et un sourire éclatant que je ne t'ai jamais connu. Je l'ai recouvert de scotch transparent pour le protéger du temps et tenter, sans doute, de t'épargner les salissures de la vie. Au fil des années, le dossier s'épaissit, par intermittence, au gré de ta carrière d'actrice. Je constate avec déception que les nouvelles collectionnées évoquent de moins en moins tes films et de plus en plus souvent les soubresauts de ton existence. Les critiques et les portraits sont remplacés par le récit de tes frasques, fixées à gros traits dans les titres à scandale. À mesure que je grandis, il n'y a plus grand-chose à glisser dans la pochette rouge. Tu ne tournes plus, ou si peu. Tu figures parfois dans des longs-métrages produits sans le sou, dont certains ne sortent pas en France. Les premiers rôles ne sont plus pour toi. Tu n'intéresses plus les journalistes. Comme tant d'autres de ta génération, tu as rejoint la cohorte des vedettes déchues, flétries par les abus, rejetées par une époque où les rebelles n'ont plus de place. Tu n'es plus la célébrité de mon enfance, celle que l'on reconnaît dans la rue et que l'on regarde en frissonnant de terreur, d'excitation et d'envie. Tu restes ma cousine pour laquelle je cultive une fascination à la fois tendre et morbide. Un bijou de famille cassé et précieux, gardé au fond d'un tiroir secret.

Il n'y a plus rien à écrire sur Maria puisque Maria n'existe plus pour le monde. Je conserve néanmoins la pochette rouge, mausolée de ta gloire. Je l'emporte partout, lisant et relisant des bribes de ta vie. Pas celle que nous connaissons nous et dont nous parlons somme toute assez peu, l'histoire que la presse a choisi de raconter, mêlant vérités, approximations, fantaisies et mensonges, celle d'une jeune fille ravagée par une apparition publique explosive. Une vie de souffrances et de lutte harassante contre une enfance trop lourde à traîner. Un parcours qui fait écho à celui des femmes de notre famille, une trajectoire que j'aurais pu suivre, que nous aurions pu suivre, nous, les autres cousines, si tu ne t'étais pas, d'une certaine manière, sans le savoir ni le vouloir, sacrifiée pour nous.

La pochette rouge est ce que j'ai de plus cher. Les rares fois où je l'ouvre devant mes amies, elle me vaut des regards perplexes et méfiants. Qui est cette actrice qui semble avoir eu tant de succès et dont on ignore désormais jusqu'au nom ? On me soupçonne de mentir, de m'inventer une parente célèbre pour me faire remarquer. Je finis par me taire, ne plus rien dire, ne plus raconter, préférer le silence au doute, le secret aux questions. Lorsque je quitte l'appartement familial à l'âge de vingt ans, je dépose la chemise dans la maison de campagne de mes parents. Cette ancienne ferme est devenue un grenier à souvenirs dans lequel nous fouinons régulièrement à la recherche du passé. Un grand carton à rubans contient des affiches confectionnées par les étudiants des Beaux-Arts en mai 68, des tracts de cette époque, des centaines de feuilles de notes, celles de mon père qui conserve les traces de son illusion révolutionnaire, ainsi que les archives de l'« organisation » à laquelle il appartenait alors. Il y a aussi, dans cette chambre « du fond », censée être le bureau de papa, mais dans laquelle je ne l'ai jamais vu travailler, des collections de dessins, ceux de Maria et les nôtres, entremêlés dans un fatras de couleurs, et des piles de vieux journaux, dont les premiers numéros de *Libération* où je travaillerais plus tard. Cette maison me semble être le lieu idéal pour abriter mon dossier et le préserver des aléas de mes futurs déménagements. Elle te va parfaitement, avec ses papiers peints à grosses fleurs vert pomme ou orange, ses meubles rafistolés, ses objets de récupération, son vaste jardin sauvage qui, dans mon enfance, se transformait régulièrement en repaire de hippies où des hommes et des femmes en tuniques indiennes jouaient de la guitare en fumant d'énormes joints autour d'un feu de camp.

À chacun de mes séjours à la campagne, je sors la pochette du tiroir d'une vieille commode. Elle dégage une odeur de poussière de plus en plus piquante. Les photos s'affadissent année après année, les papiers chaque fois davantage rongés par le temps et l'humidité. Un jour, je ne la retrouve plus. Elle s'est évaporée. J'en suis contrariée et triste. Je ne peux m'empêcher de penser que l'histoire de cette enveloppe te ressemble : une succession d'apparitions et de disparitions. Elle te résume, foisonnante et incomplète, insaisissable et si présente. Puisque la pochette rouge n'existe plus, il faudra donc qu'un jour, je te raconte.

Sur la plus ancienne photo de toi en ma possession, tu portes les cheveux à la garçonne. Ma mère a pris le cliché. Tu poses avec mon père, ton oncle, qui n'a que quelques années de plus que toi et qui paraît si jeune. Vous êtes dans une forêt, papa est adossé à un arbre, tu guettes l'objectif avec le regard d'un faon apeuré. Tu dois avoir douze ans. Papa huit de plus. Vous ressemblez à deux enfants tristes sur ce tirage en noir et blanc. Ta mère a brutalement décidé de couper ta chevelure. Peut-être devenais-tu trop belle à son goût, elle ne pouvait le supporter. Elle ne t'avait pas encore demandé de partir, tu n'étais pas encore venue habiter chez mes parents. Ta silhouette est celle d'une petite fille, ton port de tête annonce l'adolescente que tu seras bientôt. Tu sembles ne pas savoir qui tu es. Tu n'as pas de papa. Ta maman t'aime mal, tu as la mine inquiète des enfants qui pressentent que le chemin de la vie sera pavé de pierres coupantes.

Tu es une enfant de l'après-guerre, de la reconstruction, du début des Trente Glorieuses. Aux États-Unis, l'année de ta naissance, une machine étrange sort des usines IBM, le premier ordinateur. Dans les foyers français, on se chauffe au charbon, on lave son linge à la main, on ne fait pas de cadeaux aux enfants en dehors de Noël et des anniversaires, on ne voyage pas, on n'a pas de réfrigérateur, les deux tiers de la population ne bénéficient pas de l'eau courante, seuls les plus fortunés ont accès au téléviseur. À l'école, les filles grandissent entre elles, à l'abri du regard des garçons. Elles jouent à la marelle, aux osselets et au yoyo en attendant l'âge des premières surprises-parties. La pilule n'existe pas, les couples se débrouillent comme ils peuvent pour maîtriser leur fécondité par le biais de la méthode Ogino et d'avortements clandestins. La pauvreté est massive. Un ancien résistant, l'abbé Pierre, fonde le mouvement Emmaüs pour venir en aide aux plus démunis.

Tu es une enfant de la paix, mais la guerre n'est pas finie. La décolonisation est sanglante, en Indochine d'abord, en Algérie ensuite. Un nouveau monde se dessine. Staline meurt en 1953, Élisabeth est couronnée reine d'Angleterre quelques mois plus tard. En France, la figure du général de Gaulle commande la vie politique. Le 4 novembre 1956, les chars soviétiques entrent à Budapest et écrasent l'insurrection hongroise. L'Europe est coupée en deux, le monde bientôt aussi, vaste terrain d'affrontement entre pro et anticommunistes. La guerre devient froide.

Tu es enfant et ta mère te fait déjà sentir que tu es de trop entre ses deux garçons adorés. Elle ne t'a pas caché l'identité de ton père, Daniel Gélin, ce grand comédien qui a tourné en Amérique. Il n'a pas pu te donner son nom, il est marié à l'actrice Danièle Delorme et la loi d'alors lui interdit de te reconnaître juridiquement comme sa fille. À Melun, où tu habites les premières années, il vient parfois te rendre visite. Si peu que tu n'en garderas aucun souvenir. Les rencontres s'espacent, il n'est pas le bienvenu. Ta mère lui en veut, elle te répète qu'il se fiche de toi. Tu entends qu'il ne veut pas te voir, qu'il ne t'aime pas. C'est elle, pourtant, qui cherche à te mettre à l'écart, l'enfant que les autres décrivent gaie et espiègle et qu'elle qualifie d'insupportable.

Elle n'y arrive plus, elle n'en peut plus, elle a déjà tant de mal à prendre soin d'elle-même. Elle te le dit sans cesse, tu es trop difficile à élever. Elle veut t'envoyer chez une nourrice, elle au moins saura y faire, t'inculquer les règles de base, te donner une éducation, te remettre sur les rails. Tu es si petite encore lorsqu'elle t'annonce qu'elle va te confier à une « dame ». Je t'imagine pleurer d'abord en silence, les sanglots bloqués par la rage et l'effroi. Tu ne veux pas y aller, tu ne veux pas partir. Tu veux rester avec ta maman, avec tes frères. Tu le dis plus fort puisqu'on ne t'entend pas, tu cries, tu hurles avec tous les mots qui te viennent. Ils s'éparpillent dans le vide, n'accrochent aucune oreille. Ta mère te laisse deux ans chez une inconnue dont tu ne parleras jamais.

Tu as à peine dix ans, tu es de retour dans ta famille. La sexualité de ta mère n'a aucun secret pour toi, comme celle de sa mère n'a guère eu de mystère pour elle. Nous sommes d'une famille où l'on ne cache rien aux enfants, surtout ce qu'ils ne devraient jamais savoir. Dans l'histoire que l'on se raconte chez nous en chuchotant, ta mère est au lit avec un homme. Elle crie ton nom qui résonne dans les couloirs de l'appartement, elle te demande de lui apporter son diaphragme. Son ton est sec et impérieux comme à chaque fois qu'elle s'adresse à toi. Tu t'exécutes, tu n'as pas le choix, tu le sens à sa voix. Tu te rends dans la salle de bains en tremblant, tu farfouilles dans l'étagère au-dessus du lavabo, tu repars, l'objet serré dans tes petites mains maladroites. Tu as si peur de le casser. Elle te l'a suffisamment dit, « ne le fais pas tomber, surtout pas, c'est fragile et ça coûte une fortune ». Tu avances à pas menus pendant qu'elle te presse d'aller plus vite. Tu lui tends le diaphragme. Tu retournes dans ta chambre en courant.

Tu as quatorze ans, tes cheveux sont toujours aussi courts, mais ne t'empêchent pas d'être de plus en plus jolie. Tes seins poussent, tu observes ton corps d'enfant se transformer trop vite. Chaque jour qui passe marque un changement. La courbe de ton nez se modifie, tes hanches prennent une place nouvelle dans tes pantalons, ta peau change de texture, tes yeux te semblent soudain trop grands, ton ventre se gonfle tous les mois, le sang commence à perler tes culottes blanches. Tu masques tes formes sous des pulls amples. Cette féminité qui s'impose te met mal à l'aise. Tu as beau te cacher, tu plais aux garçons. Leurs regards s'attardent sur ta silhouette, les hommes mûrs se retournent à ton passage. À ta mère qui te presse de questions, tu avoues un jour avoir un amoureux. Tu lui réponds comme on baisse les armes, c'est la dernière chose que tu aies envie de lui confier, mais elle insiste tellement, te taire serait une fois de plus lui signifier que tu n'es décidément pas une gentille fille. Une seule chose l'intéresse :

« Est-ce que tu couches avec lui ? » Tu t'offusques, tu es heurtée, comment peut-elle penser une chose pareille ? « Non bien sûr, ça ne va pas ! » Elle soupire, lève les yeux au ciel, puis les repose sur toi : « Qu'est-ce que tu manques de courage, ma pauvre fille ! »

Tu as quinze ans. L'âge où ta mère a eu son premier enfant, l'âge où notre grand-mère a été mariée de force. L'âge où dans notre famille, les femmes entrent brutalement dans l'âge adulte, l'âge où les mères ne supportent plus leur fille. La tienne t'a mise à la porte. Papa et maman te proposent de venir vivre chez eux dans leur deux-pièces du 7e arrondissement de Paris. Il y a eu cette terrible dispute chez toi, personne n'a cherché à en savoir plus. On murmure que ta mère a surpris ton beau-père dans ton lit. Vous habitiez alors tous ensemble, avec tes deux frères, dans un petit appartement de l'avenue de la Grande-Armée.

Tu es en classe de seconde au lycée Racine. Tu es une bonne élève. Tu es heureuse d'habiter chez mes parents. Je ne suis pas encore née. L'ambiance est bohème, tu te sens libre avec ce couple de jeunes adultes que tu aimes tant. Mon père est encore étudiant. Ma mère travaille comme libraire chez Maspero. Elle fréquente la bande des *Cahiers du cinéma*, passe son temps libre à la Cinémathèque. Papa évolue dans les cercles gauchistes les plus radicaux. Il prépare la révolution, il est prêt à prendre les armes. Il lit les journaux, organise des manifestations, étudie la politique, l'économie, le droit, il se rend à des réunions avec des airs de conspirateur et revient le soir avec un sourire exalté. Cela t'amuse, toi qui as si peu entendu parler de politique jusque-là. En ce milieu des années 60, tu te sens plutôt gaulliste. Tu ne saurais pas expliquer pourquoi, mais c'est ainsi que tu te définis.

Papa et maman se sont mariés à l'église, place Saint-Germain-des-Prés, dans ce quartier autour duquel tournent alors leurs vies, mais déjà ils ne croient plus en Dieu. Mao et Freud ont remplacé Jésus et la Vierge Marie dans leur cosmogonie. Tu découvres que la psychanalyse existe. Ça te fait sourire autant que la révolution, tu la perçois comme une excentricité de plus, sans t'y intéresser. Le cinéma est alors au centre de tes préoccupations. Tu demandes aux parents de te raconter les films dont on parle, tu te rues dans les salles pour découvrir les nouveautés. Maman te propose de faire un bout d'essai. Un de ses amis, apprenti réalisateur, cherche une jeune fille qui ressemble à la Mouchette de Robert Bresson. Il te fait tourner une scène, mais à la réflexion, il trouve que ça ne fonctionne pas. Tu es trop timide à son goût. Maman est déçue. Elle estime, au contraire, que tu dégages une intensité particulière, quelque chose de naturel et de sauvage à la fois. À défaut de le convaincre de te choisir, elle persuade le jeune metteur en scène de te donner la pellicule. Je ne sais pas si tu l'as gardée.

Tu n'as pas encore seize ans et tu rentres le feu aux joues. Tu as quelque chose d'extraordinaire à annoncer au jeune couple qui t'héberge, à mes parents : « Vous ne devinerez jamais ce que j'ai fait aujourd'hui ! » Tu jubiles d'avance de leur réaction. Tu racontes et les mots se bousculent. L'après-midi, tu es allée sonner chez ton père que tu n'avais pas vu depuis des années. Il t'a bien accueillie. Il est divorcé de Danièle Delorme. Après une brève aventure avec Ursula Andress, il vit désormais avec Sylvie Hirsch, mannequin chez Dior, dont il a eu deux autres enfants, Manuel et Fiona. Il t'a dit de repasser quand tu veux. Vraiment quand tu veux. Très vite, tu te mets à manquer le lycée. Tu rejoins ton père sur ses tournages. Il t'emmène partout avec lui, il te présente comme sa fille. Il est fier, tu es déjà si belle, tu es curieuse de tant de choses, tu dessines avec talent. Toi aussi tu bombes le torse. Il a une carrière à faire pâlir d'envie tant d'acteurs de sa génération. Jeune premier au physique ténébreux dans les années 50, il a joué avec les plus grands, de Sacha Guitry à Jean Cocteau. Il a tourné dans *L'Homme qui en savait trop* d'Alfred Hitchcock.

À la fin de la journée, tu reviens dans le petit appartement et tu fais le récit de ce que tu as vu sur les plateaux. Tu parles sans fin des lumières, de la caméra, du fouillis des câbles, du ballet des techniciens, des prises maintes fois refaites. Tu dessines ce que tu as vu au pastel, comme on essaye de mémoriser les bribes d'un rêve au sortir de la nuit pour en garder une trace. Là-bas, dans cette bulle, au milieu des décors, on te fait des compliments, on s'intéresse à toi. Tu aimes ça.

Gélin ne t'embarque pas uniquement sur les plateaux, il te fait découvrir la nuit parisienne, les boîtes et la fête. C'est un noceur, un bambochard que pas grand-chose n'arrête. Dans le quartier de Montparnasse dont il est une des vedettes, on dit de lui qu'il mène une vie de patachon sous ses airs de gendre idéal. On raconte qu'il prend de la drogue, qu'il ne se contente pas de séduire les femmes, qu'il couche aussi avec des hommes. Tu es encore si jeune, tu es sa fille, mais il te trimbale jusqu'à l'aube, comme sa dernière conquête. Un jour, au petit matin, il décide qu'il est urgent de te présenter à tes frères et sœur. Castel vient de fermer, il ne veut pas te laisser partir. « Tu ne vas pas te coucher maintenant ! » Il est six heures du matin lorsqu'il arrive dans la chambre de ta sœur Fiona, l'haleine enflammée. Elle a dix ans de moins que toi et dort profondément. Il la secoue : « Fiona, Fiona. C'est Maria, Fiona. Ta grande sœur. » Elle ouvre les yeux, te regarde avec étonnement, sans trop savoir si elle rêve ou non. Tu lui souris, un peu gênée. Elle se rendort.

Ton père est soudain fatigué. Il veut aller se coucher. Il te glisse un billet dans la paume de la main pour un taxi en même temps qu'un « à bientôt » d'une voix déjà éteinte. Tu rentres chez mes parents épuisée, incapable de fermer l'œil. Tu te repasses en boucle le film de la soirée, les images et les visages se bousculent, tes vêtements sentent la cigarette et l'alcool renversé. Tu sais déjà que tu n'iras pas au lycée ce matin-là.

Quelques jours après, ton père te rappelle : « Tu es prête ? Je t'attends dans dix minutes. » Tu t'habilles, tu soulignes tes yeux de khôl à la va-vite et tu cours le rejoindre. Il te conduit dans d'autres soirées, d'autres lieux, d'autres fêtes où tu croises des gens que tu voyais auparavant sur les pages des magazines consacrées aux personnalités. Tu sors avec ton père et tu continues à l'appeler « monsieur ».

Tu as seize ans. Tu déménages à nouveau. Maman t'a expliqué que tu ne peux plus rester. Elle est enceinte, elle attend un bébé. C'est moi. L'appartement n'a qu'une chambre, il est trop exigu pour quatre. Elle te laisse le temps de te retourner, rien ne presse, elle préfère te prévenir un peu à l'avance. Tu dois trouver une autre solution, retourner chez ta mère peut-être. Mon arrivée, ton départ. C'est ainsi que l'histoire m'a toujours été racontée. À chaque fois que j'entends ce récit, j'ai le sentiment désagréable de t'avoir chassée. Si tu étais restée chez papa et maman, tu serais peut-être passée à côté du malheur.

Tu as dix-huit ans et tu danses. Tu n'es plus la petite fille timide, tu n'es plus l'adolescente farouche. Tu danses sur les tables des boîtes de nuit en Corse, tu danses chez Castel à Paris, tu danses partout où tu te trouves, tu danses toute la nuit. Tu danses sur Janis Joplin et Jimi Hendrix, sur le Velvet et Jim Morrison. Tu danses et tu rêves d'Amérique. Tu danses sans savoir ce que tu vas faire le lendemain. Tu portes des minijupes et des blousons de cuir vieilli, tu fardes tes yeux de noir, des ribambelles de bracelets recouvrent tes poignets. Tes cheveux sont longs, bouclés. Tu danses et tu bois. Tu danses et tu fumes. Tu danses et tu embrasses des garçons. Tu danses et tu embrasses des filles. On te croise au Select ou à la Coupole. On t'aperçoit avec Bulle Ogier, suivant de près Catherine Deneuve. Eva Ionesco, encore bien plus enfant que toi, te voit attablée avec Jean-Pierre Léaud. Ta « sensualité tout abandonnée » restera gravée dans sa mémoire. Une dame trop maquillée lui confie alors que tu fais partie des « amazones » de Brigitte Bardot, une de ses petites protégées. Tu entres en fanfare dans ces années 70 qui te tendent les bras.

Tu as dix-neuf ans et tu continues à venir nous voir. Quatorze mois après ma naissance, mon petit frère est né. Il a fallu déménager dans un appartement plus grand. Nous sommes désormais dans cette barre HLM du 13e arrondissement de Paris où tu te rendras si souvent. Tu ne t'intéresses pas vraiment à nous. Tu parles avec les grands. Avec les parents et les amis de passage. À la maison, il y a toujours des amis de passage. Des militants politiques qui préparent la révolution avec mon père, des Latino-Américains qui ont fui les dictatures, des ouvriers, des psychanalystes, des artistes. L'appartement est coloré et chaleureux, les murs recouverts de tissus indiens, les pièces emplies d'un mobilier baroque alliant tables et chaises récupérées dans la rue et design scandinave acheté à grands frais. Tu aimes bien venir ici, il y a toujours à manger et à boire, des cigarettes et de l'herbe apportée par les invités. Mes parents ont une vie que je ne comprends pas très bien, je grandis dans un monde poétique et flou

Ils m'ont prénommée Vanessa en référence à Vanessa Redgrave qu'ils ont découverte dans *Blow-Up*, de Michelangelo Antonioni. Il a fallu persuader l'officier de l'état civil de me l'accorder, ce prénom ne figure pas sur le calendrier des saints.

La maison est tout à la fois le HLM et Bayreuth où mes parents se rendent chaque été pour le festival d'opéra, Schumann et le rock and roll. La Callas et Bob Dylan alternent sur le tourne-disque, la robe de soirée blanche et brodée de sequins de maman, le smoking de papa soigneusement rangés dans un placard à soufflets métalliques côtoient leurs tenues de tous les jours, des sapes colorées venues d'ailleurs, des nuisettes anciennes trouvées aux puces et teintes par ma mère dans la baignoire en faïence pour les transformer en robes, des peaux de mouton qui sentent trop fort et des pulls tricotés main qui grattent. Je ne sais pas bien qui nous sommes, si nous sommes riches ou pauvres, blancs ou noirs, bourgeois ou prolétaires. Je sais que dans ma famille on fait de brillantes études, que l'arbre généalogique a poussé ses branches de tous côtés, figures de la politique, anciens ministres, grands médecins. On me dit que cela ne compte plus dans un monde où les classes sociales sont en passe d'être abolies et où l'ouvrier vaut davantage que l'étudiant forcément nigaud. Je n'y comprends rien. Je constate que mes parents ne ressemblent pas à ceux de mes camarades de classe. Maman a la peau foncée et une boule afro entoure son beau visage. Mon père a les cheveux longs jusqu'aux épaules. Leurs tenues ressemblent à des déguisements. Mes copines partent en colonie de vacances quand nous nous rendons dans des communautés des Cévennes. Certaines font du catéchisme, nous ne croyons ni en Dieu, ni au Père Noël. Encore moins à la petite souris, aux cloches et aux lapins de Pâques. Maman pense qu'il ne faut pas mentir aux enfants. Chez nous, la télévision ne sert qu'à regarder les émissions politiques, les livres envahissent toutes les pièces, on fait la vaisselle à la main, on moud le café au moulin, on fabrique nos yaourts et nos glaces. Maman ne va pas au supermarché sans sa liste géante de colorants et de conservateurs à éviter à tout prix et passe des heures à examiner la composition de chaque produit. Les bonbons gélifiés nous sont interdits, tout comme les boissons gazeuses, mais nous déjeunons parfois à la cafétéria Casino et là, toutes les règles alimentaires sont abolies pour notre plus grand régal. Ce qui vient d'Amérique est proscrit, à commencer par le Coca-Cola, symbole de l'impérialisme. Un poster géant de Karl Marx en tissu brodé est accroché au mur. Le penseur a l'air sévère, mais la toile de son portrait est douce comme de la soie. Dès que je peux, je me hisse sur un tabouret en plastique violet pour le caresser. Les manifs et la révolution fomentée dans un nuage de fumée cohabitent avec le travail de papa qui semble si sérieux. Il est alors haut fonctionnaire au ministère des Finances. Il nous y emmène parfois, dans cet écrin vieillot et mystérieux du palais du Louvre. Il nous invite à la cantine où l'on se jette sur les frites et la mousse au chocolat, puis nous fait visiter les bureaux. J'aime particulièrement la salle des ordinateurs, d'immenses blocs métalliques truffés de fils emmagasinés du sol au plafond qui débitent dans un vacarme épouvantable des cartes perforées contenant, paraît-il, des informations importantes. Je constate que mon père ne ressemble pas plus à ses collègues de bureau qu'aux papas de mes copines. Il ne possède ni costume ni cravate, ne se coiffe pas, tricote des pulls à motifs avec de grosses aiguilles en plastique, s'habille en violet, en bleu Klein ou en rose, et se chausse de sabots. Ma mère arbore la panoplie assortie, la coupe afro en plus, à l'image d'Angela Davis dont je ne connais pas encore l'existence. Je les trouve sublimes de beauté. Comme toi quand tu débarques avec tes sacs en bandoulière et tes habits achetés sur les marchés. Vous êtes libres, jeunes, magnifiques. Je me sens privilégiée de vous côtoyer, d'être dans votre sillage, de partager vos bras et d'écouter vos conversations où résonnent des mots et des concepts que je ne maîtrise pas. C'était avant que je comprenne quelle famille nous étions, c'était avant l'âge où la honte est venue.

Tu n'as pas dix-huit ans et Alain Delon t'aime comme une petite sœur. C'est ton père, Daniel Gélin, qui te l'a présenté. Tu rêves de faire du cinéma. Delon te promène sur les tournages. Il lance ton prénom à la cantonade, personne n'ose lui dire que ta présence dérange. Tu te glisses dans ses pas, tu observes le moindre de ses gestes, l'intensité de son jeu. Tu te régales de son charisme, de sa puissance, de sa sauvagerie. On le dit dur, méchant, dangereux. Avec toi, il a décidé d'être doux. Très vite, il t'a proposé de t'aider à décrocher quelques figurations. Il te fait embaucher sur le plateau de *Madly*, un film de Roger Kahane, sorti en 1969, une histoire de mariage à trois dans lequel son amour d'alors, Mireille Darc, joue son épouse trompée. Un scénario inspiré de leur vie réelle avec Maddly Bamy, une somptueuse Guadeloupéenne, ancienne claudette de Claude François, qui sera plus tard la compagne de Jacques Brel. Cette apparition te vaut ton premier article dans la presse. Par souci d'efficacité sans doute, le journal t'a rebaptisée « Maria Gélin ».

Sur une photo du tournage, Delon te serre dans ses bras dans un geste à la fois tendre et protecteur. Il porte les cheveux plus longs qu'à l'accoutumée, une chemise blanche, un pantalon noir un peu évasé sur des mocassins à bouts carrés. Un pull qui a l'air douillet est noué sur ses épaules. Ta dégaine contraste avec la sagesse de la sienne. Tu es une jeune fille de ton époque. Tu portes une minirobe en daim clair qui couvre à peine les fesses, un gros ceinturon clouté entoure ta taille, des bottes longues et ajustées soulignent la finesse de tes jambes. Une sacoche en laine bariolée pend à ton épaule. Le cliché semble avoir été pris dans un village français. Des vieilles pierres, de la vigne vierge en cascade, une balustrade métallique qui surplombe un ruisseau sur laquelle vous vous appuyez. Ce pourrait être n'importe où. Le temps de la photo, vous riez tous les deux aux éclats. Alain Delon a gagné depuis longtemps ses galons d'acteur star, il est d'une beauté à couper le souffle. Tu as le sourire victorieux des enfants mal aimés qui pensent tenir leur revanche sur la vie. Tu as tout devant toi et les plus grands du cinéma te prédisent un avenir étoilé. Le film ne rencontre pas le succès du public. Peu importe. Tu y as inscrit ton nom au générique. Tu as dix-sept ans, je viens de naître.

À Saint-Roch, les mots de Brigitte Bardot résonnent par la voix grave d'Alain Delon. Ils sont touchants et maladroits. « Avec sa bouille d'éternelle femme-enfant et son caractère de petit chat sauvage, elle a conquis le monde avec la fulgurance d'une météorite enflammée qui pulvérisa tout sur son passage ! Passage éclatant mais éphémère où, offrant son corps de velours à un Marlon Brando au faîte de sa gloire, elle choqua, scandalisa par son impudeur, mais marqua à jamais par son insolence une époque qu'elle a désormais personnifiée. Sous ces dehors, ces images, se cachait un petit cœur perdu, une gamine à la dérive, sans port d'attache, propulsée au plus haut sans y être préparée, redescendant forcément sans parachute et livrée à tous les excès pour combler les vides d'une gloire qui l'abandonnait. »

C'est chez elle que tu as vécu après chez les parents. Brigitte Bardot et toi étiez programmées pour vous rencontrer. Elle avait connu ta mère enceinte. L'année de ta naissance, ton père Daniel

Gélin et son épouse Danièle Delorme étaient les témoins de son mariage avec Roger Vadim. Elle avait dix-huit ans, à une époque où la majorité était à vingt et un. Après une tentative de suicide où elle avait mis son beau visage dans une cuisinière à gaz allumée, son père avait consenti à signer une dérogation pour l'autoriser à se marier. En 1969, l'année de ma naissance, tu fais une figuration dans *Les Femmes*, le film de Jean Aurel dont Bardot est la vedette. Elle te repère dans les studios de Boulogne-Billancourt. Sans doute se reconnaît-elle dans ta mine de félin farouche. Elle vient te parler. Tu lui réponds naturellement. Rien ni personne ne t'impressionne, pas même le plus grand sex-symbol de cette deuxième moitié du siècle. Tu lui dis que tu cherches un logement, elle te donne son adresse. Le lendemain soir, à la nuit tombée, vêtue d'une paire de jeans, d'un blouson et de baskets, tu débarques au 71 de l'avenue Paul-Doumer, dans le 16ᵉ arrondissement de Paris. Tu n'as pas dix-sept ans, tu habites chez Brigitte Bardot.

Tu reposes dans un cercueil qui me semble trop petit au centre de cette église Saint-Roch. Mon oncle George prend la parole pour évoquer ta mémoire. Parce qu'il t'aime tant, il dit les mots que tu aurais voulu entendre. Il ne prononce pas ceux qui te donnaient la nausée. Il refuse de citer le titre du film qui t'a rendue à la fois célèbre et maudite. *Le Dernier Tango à Paris* ne sera pas évoqué autour du catafalque. Dans un discours pétri de tendresse, il dit préférer se souvenir de toi cheveux au vent, riant aux éclats dans la décapotable conduite par Jack Nicholson, avec qui tu partages l'affiche dans *Profession : reporter* de Michelangelo Antonioni. Tu ne voulais plus parler du *Tango* depuis des décennies. Tu te figeais dès que tu entendais nommer cette danse qui t'avait fait trébucher. Dans une vidéo où tu figures, tournée en 1983, plus de dix ans après le film, tu implores la femme qui t'interroge en joignant les mains en signe de prière : « Non, pitié. Non, je ne veux pas parler du *Tango*. » Tu es là pour évoquer ton dernier rôle dans *L'Imposteur* de Luigi Comencini, mais le film ne capte pas l'attention de la journaliste, il n'est qu'un prétexte pour te rencontrer. Comme les autres, elle veut du *Tango*, exige que tu racontes encore et encore. Tu insistes gentiment, sans t'énerver, ta voix grave se fait traînante. « On me rattache toujours à ça. Partout j'ai le *Tango* avec moi, basta ! » Tu expliques : « J'avais fait des choses avant. J'aurais fait des choses de toute façon. » Je ne sais pas si tu y croyais vraiment, à une carrière au cinéma sans avoir fait le *Tango*. Tu le répétais souvent, tu avais terriblement envie de penser que cela aurait été possible. Tu tentes d'ouvrir une porte de sortie à cette conversation qui te pèse : « Je préférerais que l'on parle de *Profession : reporter*, ce film est plus près de moi. » La journaliste ne répond pas. Tu ne l'intéresses plus.

L'as-tu su Maria, tu n'aurais jamais dû être Jeanne. Ce n'est pas à toi que Bernardo Bertolucci avait d'abord pensé pour jouer ce huis clos situé dans un appartement parisien où Paul, un pauvre type de quarante-cinq ans dont la femme vient de se suicider, vit deux jours de sexe et de violence croissante avec une jeune fille de vingt ans. La légende dit qu'il avait souhaité une histoire entre hommes, avant d'y renoncer. Bertolucci est alors un réalisateur à la mode. En 1970, son film *Le Conformiste* a connu un grand succès critique. Avec le *Tango*, il veut raconter la face noire de la libération sexuelle. Pour le rôle de Paul, il fait d'abord appel à Jean-Louis Trintignant avec lequel il vient de tourner. L'acteur ne sent pas le scénario, il décline : « Dans ton film, ils font tout le temps l'amour. Moi je n'arrive pas à me mettre à poil, excuse-moi. » Pour la jeune femme, il sollicite Dominique Sanda, que tu croises régulièrement dans les brumes des boîtes de nuit parisiennes. Enceinte du comédien Christian

Marquand, elle dit non. L'idée de Bertolucci de reconstituer le couple du *Conformiste* tombe à l'eau. Il décide alors de se rendre à Paris pour rencontrer les deux acteurs français les plus connus du moment, Jean-Paul Belmondo et Alain Delon. Belmondo refuse l'idée même d'un rendez-vous : « Je ne fais pas de films porno. » Il n'est pas du genre à perdre son temps. Delon fait du Delon, il se montre plus ambigu, ne répond ni oui ni non, propose un temps de produire le film. Bertolucci n'avance pas, son casting est au point mort. Un ami lui suggère le nom de Brando. L'acteur mythique du cinéma américain a perdu de sa splendeur. Il vient d'enchaîner une dizaine d'échecs commerciaux, les studios hollywoodiens l'ont classé dans la catégorie des « has been ». Il a quarante-sept ans, il a vieilli, il a grossi. Il a des problèmes d'argent depuis l'achat de son atoll polynésien qui se révèle un gouffre financier. Sa résurrection est proche, mais il ne le sait pas encore. Elle est là, à portée de caméra, frémissante, dans le désir de deux jeunes metteurs en scène, Francis Ford Coppola qui pense à lui pour *Le Parrain* en 1971 et Bertolucci pour lequel il finira par accepter le rôle de Paul. Le convaincre n'a pas été facile. Une première rencontre a lieu à l'hôtel Raphael à Paris. Bertolucci explique son projet : raconter l'histoire d'un homme et d'une femme qui ne communiquent qu'au travers d'un corps à corps animal en renonçant à toute identité sociale. Marlon fait la moue, il ne se laisse pas apprivoiser comme ça. Il grommelle, fronce les sourcils, consent néanmoins à visionner *Le Conformiste*. Il repart aux États-Unis avec le film dans sa valise. Quelques semaines plus tard, il rappelle l'Italien et l'invite à venir passer deux semaines chez lui à Los Angeles pour parler du *Tango*. Après des heures de discussion, Brando accepte de jouer Paul contre un cachet de 250 000 dollars et 10 % sur les recettes, une somme colossale pour l'époque. Il reste à Bertolucci à trouver la partenaire du lion. Il t'a vue sur une photo avec Dominique Sanda dont tu es devenue l'amie. Ses assistants parisiens le dissuadent de te choisir : « On disait d'elle que c'était une fille que l'on voyait danser tous les soirs chez Castel », racontera le metteur en scène des années plus tard avant d'ajouter : « Personne ne voyait en elle ce que je voyais, quelque chose de sauvage derrière ce corps androgyne et ces seins immenses. » Dès votre première rencontre, il te demande d'opérer cette poitrine envahissante. Tu refuses. Ton seul acte de rébellion. Tout te sera imposé par la suite.

Tu hésites. Tu n'as « pas tout compris du scénario », comme tu l'avoueras ensuite, mais tu perçois ce qu'il comporte d'audace et de danger. Ton agent balaye tes craintes avec des arguments contre lesquels tu ne peux pas lutter : « Un premier rôle face à Marlon Brando, ça ne se refuse pas. » Tu as dix-neuf ans, tu es mineure, prête à t'embarquer pour le film le plus scandaleux des années 70. Ta mère signe une dérogation afin que tu obtiennes le rôle.

Tu rencontres Marlon Brando pour la première fois sur le pont de Passy où tu t'apprêtes à tourner une scène. Tu souris en constatant qu'il porte des talonnettes. Tu te dis qu'il n'est pas si grand que ça. Tu devrais pouvoir en faire ton affaire. Tu n'as pas froid aux yeux. Bertolucci a décidé de te roder en commençant par te faire tourner les scènes avec Jean-Pierre Léaud, l'acteur fétiche de Godard et de Truffaut, qui joue ton jeune amoureux. Il ne veut pas te mettre tout de suite en face du monstre. Il craint que tu ne sois intimidée. Brando l'est aussi, contre toute attente. Derrière sa mâchoire carrée et sa voix trop grave, tu perçois une douceur enfantine. Il essaye de te mettre en confiance. La première question qu'il te pose concerne ton signe astrologique. Tu n'es pas étonnée, tu es toi-même portée sur les constellations. Tu réponds : « Bélier. » Il dit « moi aussi ». « Ascendant ? » « Balance. » « C'est bien, nous allons parfaitement nous entendre, conclut-il, car je crois que

nous avons quelques scènes d'intimité à partager. »
Il dépose un baiser sur ta joue, comme un père le ferait à sa fille.

Votre vraie première scène commune de tournage se déroule dans un lit. Au moins, tu es dans l'ambiance. Si tu avais encore un doute sur la nature du film, te voilà fixée. Pour les scènes de nu ou de sexe, Bertolucci a accepté, à la demande de Brando, de tourner en équipe réduite. Le plateau est interdit aux personnes extérieures. Des photographes et des badauds attendent toute la journée sur le trottoir pour vous apercevoir. Certains ont loué des appartements en face du vôtre dans l'espoir de glaner une image. Seule Jeanne Moreau, têtue et curieuse, parvient un jour à forcer le barrage. On murmure dans le Tout-Paris que l'Italien est en train de réaliser un objet aussi insolite que dérangeant.

Marlon Brando pose ses conditions, édicte des règles pour tous ceux qui sont impliqués dans le film. Il exige l'abolition des première, deuxième et troisième classes. Pas question que les techniciens mangent moins bien que les acteurs. Pendant les pauses, il offre à chacun des apéritifs alcoolisés et des sandwichs payés de sa poche. « Il était respectueux des autres, diras-tu plus tard, des petits comme des grands. Il me laisse à vie le souvenir d'un homme intègre, généreux. »

Brando quitte le plateau à 18 heures pour regagner son hôtel et refuse de travailler le week-end. Bertolucci lui passe tout. À toi, il n'accorde aucun répit. Tu enchaînes les prises jusqu'à minuit, et le samedi tu joues les scènes avec Jean-Pierre Léaud. Plus qu'un marathon, c'est de l'abattage. Tu es épuisée. En quinze semaines de tournage, tu perds dix kilos. Les techniciens te voient souvent fondre en larmes. Certains te réconfortent d'un regard ou d'un mot, d'autres font mine de ne pas remarquer ta détresse. Elle a déjà bien de la chance, cette petite inconnue, de partager l'affiche avec le grand Brando, elle ne va pas se plaindre en plus. Parfois, tu oses une protestation auprès du réalisateur : quatorze heures de tournage par jour, c'est trop... Bertolucci te répond sèchement, sans même te regarder dans les yeux : « Tu n'es rien. Je t'ai découverte, va te faire foutre. »

L'Italien comprend vite qu'il est en train de mitonner de la dynamite. Les équipes ont dû signer des clauses de confidentialité les engageant à ne rien raconter. Bertolucci jubile. Le duo Marlon-Maria fonctionne bien, la gamine est docile, l'acteur apporte ses brisures au rôle et une densité dont il n'avait pas osé rêver. Il lui donne des conseils, suggère placements de caméra et jeu d'acteurs, s'accapare le film. Bertolucci est fasciné par l'expérience et l'autorité du cador d'Hollywood à laquelle il se soumet avec délice. La soumission n'est-elle pas le sujet du film ? Tu observes ce duo, tu regardes intriguée Brando prendre le pouvoir. Tu arrives au dernier moment, on ne te fait venir que pour les essais lumière, tu tournes ta scène et on ne te parle plus. Tu n'as jamais la moindre discussion avec Bertolucci. Tu n'existes pas à ses yeux. Il ne se soucie que de Brando.

Le metteur en scène est également préoccupé par la photo et la lumière. Il veut un film orange, la couleur des années 70, celle des hippies, des saris et des épices indiennes, celle du design, des tuniques des gourous qui pullulent dans les communautés que nous fréquentons alors, celle aussi du soleil de Californie, le symbole de la vitalité et de l'énergie. Les premiers rushes le rassurent, il est parvenu à donner à la pellicule la teinte recherchée. Dans l'appartement aux volets clos, il enchaîne les prises, mais il n'est toujours pas satisfait. Il lui manque quelque chose, un degré en plus dans la violence sexuelle, un événement paroxystique, à la limite du supportable, qui fera du film un véritable objet de scandale. Un matin, il prend Brando à part, lui suggère une scène de sodomie non prévue dans le scénario. Les deux hommes se mettent d'accord. Il ne faut rien dire à Maria, surtout ne pas l'alerter, la saisir par surprise. Sens-tu une atmosphère particulière sur le plateau ce jour-là, des regards complices entre les techniciens, le réalisateur, l'acteur ? Ou es-tu trop fatiguée pour te douter de quoi que ce soit. Qui a l'idée du beurre ? Brando, comme le dira Bertolucci ? Bertolucci, comme le suggérera Brando ? Moteur. Maria et Marlon sont allongés par terre, habillés. Soudain, Brando te retourne, baisse ton jean, se saisit d'une motte de beurre, la balance entre tes fesses et se plaque contre toi. Tu te débats, tu cries, tu pleures. Tu ne peux pas t'échapper, le corps de Brando t'écrase au sol. Bertolucci filme ta terreur et ta colère. Une seule et unique prise. Il dit « c'est bon ! » Ça n'a pas duré longtemps, mais pour toi, une éternité. Brando relâche son emprise, tu te relèves d'un bond. Tu les regardes, une envie de tuer dans tes yeux noirs et embués. De rage, tu casses le décor, déchires un rideau, brises un vase, une lampe, balances des objets sur le parquet. Tu te réfugies dans ta loge. Tu ne bouges plus, prostrée. Le réalisateur s'en fiche, il a eu ce qu'il voulait, il ne peut pas rêver mieux. « Elle hurle contre moi, contre Marlon, contre les hommes », commentera-t-il froidement, des années plus tard, à l'évocation de cette scène.

Tu sors du tournage broyée. Tu as compris que cette prise te marquera à jamais, comme un tatouage raté que l'on passe ensuite sa vie à essayer de cacher. Peu importe que la sodomie ait été simulée, tu te sens violée, salie. Tu ne sais pas encore que tu aurais pu empêcher cette séquence non écrite de figurer au montage du film. Tu aurais pu faire appel à un avocat, attaquer le producteur, contraindre Bertolucci à la couper. Tu es jeune, tu es seule, tu es mal conseillée. Tu ne connais rien au monde du cinéma, à ses règles, à ses lois. La victime parfaite.

La rumeur a précédé la sortie du film. Bertolucci est allé trop loin, c'est le retour du grand Marlon, une nouvelle venue, beauté sensuelle et provocante que seuls connaissent les habitués des boîtes de nuit, enflamme la pellicule. Cette avant-première, à quelques jours de Noël, dégage une odeur de soufre. On se précipite pour trouver un fauteuil libre. Dès les premières images, un malaise gèle la salle. Jean-Luc Godard sort avec fracas au bout de dix minutes. Il gueule : « Quelle horreur ! » Il est outré, furieux. Tu ne l'entends pas. Tu as préféré attendre dehors, vêtue de jeans, de bottes et d'un manteau pas assez épais pour te réchauffer. Tu fais les cent pas, tu tapes des pieds sur le bitume pour ne pas t'engourdir, tu guettes des bruits qui ne parviennent pas jusqu'à toi. À la fin de la projection, les invités quittent le cinéma dans un silence de plomb, gênés. Ils passent devant toi sans te voir. Ceux qui te reconnaissent t'évitent, font comme si tu n'étais pas là sur ce bout de trottoir à fumer cigarette sur cigarette dans le froid. Une seule personne s'arrête. Elle s'appelle Jean Seberg. Elle a quatorze ans de plus que toi, elle est aussi blonde que tu es brune, elle a été à l'université dans l'Iowa alors que tu n'es qu'une enfant de la balle. Tu l'as vue en Jeanne d'Arc et dans *Bonjour tristesse* de Preminger, dans *À bout de souffle* et dans *Lilith* de Robert Rossen, dans les films de Romain Gary. Tu ne le sais sans doute pas, mais vous avez un point commun : à douze ans, c'est par admiration pour Marlon Brando qu'elle a décidé de devenir actrice. Elle te serre longuement contre elle. Ses bras entourent ton corps menu. Jean Seberg n'est plus vraiment Jean Seberg. Elle est encore belle, te dis-tu néanmoins. Sa carrière flamboyante est derrière elle. La fraîche et lumineuse Patricia d'*À bout de souffle* filmée par Jean-Luc Godard en 1960 aux côtés de Jean-Paul Belmondo est rongée par des amours tristes et un chagrin abyssal qu'elle noie dans l'alcool. L'icône de la Nouvelle Vague ne tourne plus que dans de petits films sans budget. Elle a divorcé de l'écrivain Romain Gary. Deux ans avant la sortie du *Tango*, sa petite fille Nina est morte. Après plusieurs tentatives de suicide, usée par les internements, l'abus de médicaments et de substances diverses, son corps nu sera retrouvé enroulé dans une couverture à l'arrière de sa Renault blanche, dans une rue du 16e arrondissement de Paris en septembre 1979.

C'est la première fois que tu la rencontres ce jour-là, mais la chaleur que dégage son corps t'est familière. C'est celle des jeunes filles osseuses et des oiseaux apeurés. Elle enfouit son visage dans le flot de tes boucles brunes et te glisse à l'oreille : « Tenez bon. »

Le Dernier Tango à Paris sort le 15 décembre 1972. Il ne passe pas la censure et se retrouve classé « interdit aux moins de 18 ans », un visa qui déchaîne la curiosité. Il devient immédiatement objet de scandale. Une plainte est déposée en Italie. Un débat enflamme la péninsule. Les catholiques se mobilisent, la gauche s'offusque de voir la liberté d'expression bafouée. Le *Tango* devient le symbole d'une bataille qui le dépasse, une querelle ancestrale entre les tenants d'un certain ordre moral et les défenseurs du droit à la création, entre pisse-froid et empêcheurs de tourner en rond. La justice italienne condamne Bertolucci, Brando et Schneider à deux mois de prison avec sursis. Les copies du film sont détruites. Le réalisateur triomphe, son film déchaîne les passions, on en discute dans les bars et les restaurants, à la table des artistes comme à celle des élus, on s'écharpe à son sujet. Le *Tango* devient politique, il dessine à lui seul la carte du monde. Il est interdit dans les dictatures, en Union soviétique et dans l'Espagne franquiste. Les démocraties, elles, se font fort d'autoriser sa programmation. À New York, il est d'abord projeté dans une seule salle où il faut réserver sa place une semaine à l'avance. Tu te rends à l'avant-première américaine, tu y es acclamée, applaudie, célébrée. Tu goûtes le succès, mais tu restes sur tes gardes. Tu ne sais que penser. Tu ne comprends toujours pas ce qui se passe, pourquoi on te conspue ou on te couvre de compliments. Tu as vingt ans. En quelques semaines, tu es devenue célèbre dans le monde entier, pour un rôle qui, tu le pressens, sera le linceul de tes rêves.

Alors que tout commence pour toi, Brigitte Bardot t'annonce qu'elle ne tournera plus. Le cinéma c'est terminé pour elle, elle en a sa claque. Elle veut désormais se consacrer aux animaux qui valent, t'assure-t-elle, bien mieux que les hommes. Tu l'écoutes, à peine surprise, inquiète tout de même. Tu n'oses pas la contredire, tu sais qu'elle ne reviendra pas sur sa décision. Elle ajoute qu'elle n'en peut plus de Paris. Saint-Tropez, le port de son enfance, celui des vacances en famille, le village dans lequel elle a connu le succès avec *Et Dieu créa la femme* de Vadim, sera son refuge. C'est l'année 1973, tu quittes l'avenue Paul-Doumer.

Au sein de tes familles, la sortie du *Tango* suscite un mélange de malaise et d'effroi. Ton demi-frère Manuel, qui a six ans de moins que toi, interroge votre père, Daniel Gélin : « Tout le monde parle de ce film. Les gens disent aussi que c'est ta fille. » « Faux, répond l'acteur, c'est une comédienne qui débute. »

Chez nous, on ne parle pas du film. On n'évoque jamais le film. Ni devant Maria ni en son absence. Le *Tango* est une zone interdite qu'on ne peut approcher. La première fois que je l'entends évoquer, il arrive en une phrase balancée comme une claque dans la cour de récréation par des gamines hilares : « Passe-moi le beurre ! » Je n'y prête d'abord pas attention, cette interpellation me semble tellement étrange. Elle se répète, jour après jour. Je ne sais absolument pas de quoi on me parle. J'ai cinq ans, peut-être six, et j'interroge ma mère. « C'est à cause du film », me répond-elle d'un air ennuyé, avant de me supplier de ne pas m'en faire.

Cette scène a été ton fardeau. Toute ta vie, tu as dû supporter les blagues douteuses, les vannes grivoises. Au restaurant, c'est un serveur narquois qui te propose une motte de beurre en clignant de l'œil. Dans l'avion, c'est une hôtesse qui t'en dépose un morceau sur un plateau sans que tu aies rien demandé. À Rome, où tu tournes *La Baby-Sitter* de René Clément, on t'insulte dans la rue. Parfois, tu es frappée, giflée. Un journal titre : « Maria fait son beurre à Rome. » Un fabricant de produits laitiers a mis ton portrait sur des plaquettes. Face à cette violence inouïe, tu caches ta peine derrière un rire forcé. Tu réponds par une boutade : « Je ne cuisine désormais qu'à l'huile d'olive. » Lorsque l'on t'interroge encore à ce sujet, plus de trente ans après, tu avais de l'humour. Quand j'y pense, personne ne l'a dit, non plus, que tu pouvais faire rire aux éclats tes compagnons de dîner.

Peut-on aimer Maria ? Cette question, en cette année 1972, la presse la retourne dans tous les sens sans trouver de réponse satisfaisante. Les féministes sont parties en guerre contre le film. Cette fiction va trop loin, sous couvert de liberté sexuelle elle symbolise, selon elles, l'aliénation de la femme, la soumission totale au désir de l'homme. Elles relèvent la jeunesse de l'actrice, ses pommettes enfantines et ses yeux égarés qui se demandent ce qu'elle fait là, ce que l'on attend d'elle, si elle n'est pas en train de se faire abuser. Elles soulignent la différence d'âge entre Maria et Marlon, ces trente ans qui les séparent. Elles constatent qu'à chaque plan ou presque, elle est nue. On voit ses fesses, ses seins, son sexe, ses poils, quand lui est habillé. « Brando ne voulait pas être nu », expliquera Bertolucci plus tard. De nombreux spectateurs font part de leur malaise dans les articles consacrés au film : cette jeune fille sortie de nulle part, encore mineure, a-t-elle vraiment envie d'être ainsi exposée ? Et puis il y a la scène, la fameuse scène, la sodomie contrainte qui résonne des cris de Maria. Cette scène dont personne ne sait encore qu'elle a été imposée, mais dans laquelle certains perçoivent une protestation non simulée, une douleur bruyante et manifeste.

Les magazines féminins ne savent pas comment se saisir du sujet. Ils sont aimantés par la beauté de Maria, sa crinière indocile, la provocation qui semble exhaler de sa nudité dévoilée et offerte. Elle les grise et les inquiète à la fois. Dans ses pupilles noires, il y a de la tristesse et du danger, comme un nuage qui s'assombrit lorsque le temps vire à l'orage. Une promesse annoncée de désastre. *Elle* choisit sans choisir, l'hebdomadaire reprend les critiques des féministes, tout en demandant à rencontrer Maria. Comment passer à côté d'une nouvelle actrice qui transpire le sexe, la souffrance et le stupre et dont chacun perçoit la capacité à alimenter un feuilleton sans fin, le récit maudit d'une femme trop belle, punie pour ses audaces et ses mauvais choix ?

Le premier article qu'*Elle* consacre à Maria, je ne l'ai découvert qu'après sa mort. Il ne figurait pas dans les piles de magazines que ma mère conservait à la campagne et dont je compulsais fiévreusement les exemplaires usés pour tromper l'ennui de la maison. Je ne sais pas très bien comment *Elle* est arrivé jusque chez nous, comment maman put s'autoriser cette fantaisie à une époque où mon père imposait à chacun une ascèse révolutionnaire. Lire *Elle* représente alors une incongruité totale, un plaisir immense, une bouffée de futilité. *Elle* raconte tout ce que nous ne connaissons pas : la mode, les vacances au soleil, la Méditerranée, les crèmes de beauté, quand l'objectif fixé par l'organisation à laquelle papa appartient est de changer le monde. Dans le salon, une grande affiche à la gloire du Viet-Minh nous rappelle que nous ne sommes pas là pour rigoler. En haut d'un placard sont rangés un casque de moto et un gourdin, l'attirail du parfait manifestant prêt à en découdre avec les flics. Nos jouets sont en bois ou en tissu et proviennent de pays lointains dont on soutient les luttes. Les armes en plastique sont proscrites et les poupées Barbie, symboles de la femme-objet, interdites de territoire. Nos lectures du soir se déroulent en Chine, dont mon père tente d'apprendre la langue, au cas où. Elles racontent des histoires de petits bergers perdus dans la steppe, de troupeaux égarés sous la neige, de faim et de froid, de la mort qui rôde et d'enfants sauvés *in extremis* par le grand président Mao. Nous dînons sur un vieil établi récupéré dans une grange, dont les pieds de bois vermoulus ont été sciés si bas qu'il est pour tous d'un inconfort redoutable. Dans le jardin, nous cultivons des fruits et des légumes, une activité qui périclite assez rapidement tant aucun de nous ne révèle de disposition potagère. La politique occupe toutes les conversations. On parle des prochaines manifs, des futurs combats, pieds nus, cheveux longs et tuniques aux couleurs vives sur des jeans rapiécés ou des pantalons de velours élimés. Certains jouent de la guitare. Mon père tape en rythme sur des tablas.

Elle est parvenu à s'immiscer dans ce cloître révolutionnaire. Sans doute parce que le magazine défend l'égalité entre les femmes et les hommes, le droit à l'avortement et à la liberté sexuelle, autant de valeurs que les gauchistes sont censés partager. En dépit de ses réticences concernant le *Tango*, l'hebdomadaire ne peut pas ne pas s'intéresser à Maria. Dès la fin 1972, la journaliste Marie-Laure Bouly tente de régler le problème en commençant son article par une démolition en règle du long-métrage, « un film raide, qui recule encore le "jusqu'où peut-on aller trop loin" ». Elle raconte ensuite une jeune actrice qu'elle semble ne pas comprendre, enfantine, capricieuse et femme fatale à la fois, vêtue d'un manteau de fourrure king size acheté au Kensington Market de Londres. Libre, trop libre. La journaliste n'a pas grand-chose à se mettre sous la dent. Son récit, alimenté par des bribes de phrases arrachées à Maria dans des circonstances qu'elle ne prend pas la peine d'expliquer, s'achève sur le départ brutal de la vedette. Marie-Laure Bouly conclut : « Maria Schneider est toujours partie, probablement bien partie. » C'est peu dire qu'elle a manqué de flair.

La sortie du *Tango* est une explosion dont l'onde de choc te pulvérise en quelques semaines. Tu as vingt ans, tu n'es préparée à rien de ce qui t'attend, la violence des attaques, les insultes dans la rue, les crachats, le piédestal sur lequel t'installent tes admirateurs, les portes grandes ouvertes, les sollicitations des metteurs en scène que tout le monde s'arrache. Il y a soudain trop de tout dans ta vie : trop de désir, trop d'agressivité, trop de reproches et de tentations, trop de caresses, et de coups. Avec le désespoir des noyés, tu te raccroches à une phrase-excuse pour expliquer les excès dans lesquels tu bascules : « Il vaut mieux être belle et rebelle que moche et remoche. » Tu la répètes en souriant, comme si tu n'y croyais qu'à moitié. Tu n'es pas dupe de ces mots dits pour donner un sens aux tourments qui t'assaillent. Puisque la presse te présente en égérie sulfureuse, tu joues le rôle qu'on t'assigne. Tu vas loin, encore plus loin. Tu échappes à toi-même, tu es en dehors, au-delà de toi-même. Puisqu'il faut être belle et rebelle, tu seras belle et rebelle, électrique et sans limites. Tes premiers propos publics provoquent gourmandises et embarras. Derrière tes rondeurs de petite fille qui a grandi trop vite, tu défourailles à tout-va. La journaliste que je suis devenue frémit en relisant tes interviews. Tu règles tes comptes avec ce père, Daniel Gélin, figure intouchable du cinéma français, avec la rage et la douleur des enfants mal aimés. Ce père qui a mis tant de temps à te reconnaître, ce père qui voit les grands rôles s'éloigner et se réchauffe au feu de ton succès fulgurant. Ce père que tu crucifies d'une suite de mots assassins : « Un aigri jaloux de son fils Xavier. » Tu t'attaques ensuite à Brando que tu ridiculises insolemment : « Le mythe Brando, bof ! Il se sent vieillir, il surveille son maquillage. Tous les matins, il fallait venir le chercher, sans cela il ne venait pas. Il est paresseux et lent aussi, il ne savait jamais son texte, il improvisait. Entre les prises, il retournait dans sa loge soi-disant pour trouver son intensité. C'est un caractériel Marlon, un gros buveur ! » Tu te permets tout, tu commences à saborder la carrière qui s'ouvre à toi, méthodiquement, avec une application farouchc. Les journalistes rient nerveusement, ils n'en reviennent pas, certains hésitent à retranscrire tes saillies de gamine. Mais après tout, ne font-elles pas partie du personnage ? Maria se moque de tout et de tout le monde. Maria s'en fout.

Tu es à Londres lorsque tu reçois un coup de téléphone du célèbre metteur en scène italien Michelangelo Antonioni. Après le succès de *Blow-Up*, Palme d'or à Cannes en 1967, il vient de réaliser *Zabriskie Point*. Le film illustre la contestation étudiante et la libération sexuelle aux États-Unis, sa bande originale a été composée par les Pink Floyd. Antonioni a vu le *Tango*, il te veut pour son prochain film. Te rends-tu compte de la chance que tu as, de l'honneur qui t'est fait ? Sans doute te le répète-t-on et cela ne fait qu'accentuer ton angoisse. N'as-tu pas déjà décidé de tout saboter ? Antonioni te fait venir à Paris dans le plus grand secret. Il te donne rendez-vous au George V, il veut te montrer à quel point il désire que tu tournes pour lui. Tu arrives en vrac, probablement défoncée. « Je m'étais couchée à cinq plombes du mat », expliqueras-tu à Marie-Laure Bouly de *Elle*. « Je m'assois en face d'un vieux bourré de tics. On a échangé des banalités. Je le respecte, mais je n'étais pas impressionnée du tout. » Comprends-tu ce qui se joue, de quoi il te parle ? Tu lui dis que tu dois aller faire des courses. Le « vieux bourré de tics » te propose de t'accompagner. Il voit probablement dans cette promenade improvisée une ruse pour tenter de t'apprivoiser. Tu déclines, tu t'en vas. Tu le laisses seul sur le trottoir comme un courtisan encombrant. Tu es pressée d'en finir. « J'avais trop envie de dormir », confieras-tu plus tard.

Daniel Gélin a décidé d'officialiser sa paternité. Il vient de sortir un recueil de poésies, *Poèmes à dire*, aux éditions Seghers. La poésie est sa passion, autant que le théâtre et le cinéma. Il te propose de venir avec lui à une séance de dédicaces. Tu acceptes. Tu as du mal à lui dire non. Tu prends place à ses côtés derrière une table en plastique sur laquelle sont posées des piles de livres. Les photographes ont été convoqués pour l'occasion. Tu as une veste en jean blanche, une frange couvre ton front, et tes cheveux lissés tombent en cascade jusque sous tes seins. Tu sembles plus jeune que jamais, joues rebondies et lèvres à croquer, sans maquillage. Si tu te drogues déjà, ton visage n'en porte aucune trace. Sur une photo prise ce jour-là, ton père t'explique quelque chose. Il parle les yeux plongés dans les tiens. Tu l'écoutes avec attention et timidité. Ton regard reflète une infinie tristesse.

Tu as vingt et un ans. Tu tournes à Londres le nouveau film d'Antonioni. Le « vieux bourré de tics » ne s'est pas découragé, il t'a relancée, il t'a suppliée. Tu as fini par accepter en maugréant comme une enfant trop gâtée. Ton partenaire est Jack Nicholson. Après Marlon Brando, le tapis rouge d'une carrière internationale se déroule à vive allure sous tes pieds. La presse évoque le film « le plus mystérieux de l'année ». Son titre est secret. Son budget, 3 millions et demi de dollars, est jugé colossal.

Catherine Laporte de *Elle* est venue de Paris pour t'interviewer. C'est la première fois que tu acceptes un « questions-réponses » en bonne et due forme. On t'a expliqué qu'il fallait te méfier des journalistes, parce que personne n'ose te dire que c'est de toi-même que tu dois avoir peur. On te conjure d'en finir avec les propos lancés n'importe comment. Tu as répondu oui, promis, d'accord, tu ne diras plus rien qui fâche. Plus rien du tout, aurais-tu pu ajouter. Avec la journaliste, tu joues au chat et à la souris. Tu réponds par des blancs, des onomatopées, quelques mots tout au plus. Catherine Laporte n'a pas choisi la meilleure heure pour te rencontrer. Le rendez-vous est pris à 10 heures du matin à l'hôtel Russell où tu loges pendant le tournage. Tu arrives accompagnée, tu crains de dire de nouvelles bêtises, des propos lâchés sans y penser. Tu es avec ta compagne du moment, une Américaine du nom de Joan Townsend. Tu es épuisée par douze semaines de tournage, tu es déjà camée jusqu'à la moelle. La reporter s'en rend-elle compte ? En tout cas, elle n'en fait pas mention, remarque seulement que tu as perdu dix kilos depuis le *Tango* : « La fatigue », justifies-tu. Tu es dans les vapes, mais tu as compris en un an que tu as tout à perdre à provoquer. Tu as pris une décision : désormais on ne t'entendra plus dire du mal de quiconque en public. Juré craché. Tu ne veux plus parler de toi non plus.

La journaliste réalise dès les premières secondes que tu vas lui en faire baver. Peut-être espère-t-elle que tu vas te détendre au fil des questions, te sentir en confiance. Et pourquoi pas, répondre tout simplement.

« Vous aimez votre métier d'actrice ?
— Ce n'est pas vraiment du travail.
— Que faites-vous quand vous ne tournez pas ?
— Je traîne.
— Et quand vous tournez ?
— Je traîne aussi.

— Vous aimez la lecture ?
— Je ne lis jamais.
— Que voulez-vous faire plus tard ?
— Je ne sais pas.
— Êtes-vous une actrice engagée ?
— Je ne suis rien.
— Êtes-vous bien dans votre peau ?
— À votre avis…
— Vous n'aimez pas les interviews ?
— Non, je n'ai rien à dire. »

Normalement, c'est là que la journaliste se décourage, se dit qu'elle est mal partie. Mais Catherine Laporte s'accroche. Le journal lui a fait traverser la Manche pour obtenir les confidences exclusives d'une star mondiale, elle ne peut pas renoncer.

« Ne pensez-vous pas que le public désire mieux vous connaître ?
— Qu'il aille voir mes films, le reste n'a pas d'importance.
— Vous allez souvent au cinéma ?
— Ça dépend.
— Vous êtes bon public ?
— J'ai l'impression d'être une spectatrice ordinaire, mais parfois je m'interroge sur l'angle de la caméra et surtout sur les motivations de l'acteur quand il a joué telle ou telle scène.

— Vous voyez, vous prenez votre métier au sérieux.

— Peut-être.

— Sur un tournage, êtes-vous toujours d'humeur égale ?

— J'ai toutes les humeurs.

— Qu'attendez-vous de la vie ?

— Quelle question ! Je n'attends rien, j'essaie de vivre au jour le jour.

— C'est dur ?

— Parfois j'aimerais vendre des bananes à Naples.

— Vous avez du mal à vous exprimer ?

— Tout est une question de mots, mon vocabulaire n'est pas assez étendu.

— Vous êtes contente d'avoir vingt et un ans ?

— Je m'en fous.

— Racontez-moi *Le Dernier Tango* ?

— Ce sont des gens ensemble qui font des choses.

— Et Brando ?

— Une présence très très forte, c'est tout.

— J'ai lu dans un journal que vous aviez acheté une maison à Londres.

— Moi je ne l'ai pas lu. Depuis un an je vis d'hôtel en hôtel.

— Vous aimez cette vie ?

— C'est un environnement comme un autre. Un décor.

— Vous ne voulez pas un "chez vous" ?

— Tantôt oui, tantôt non. J'ai du mal à me concentrer sur les choses. Peut-être que plus tard... »

« Elle cherche le moindre prétexte pour se taire », commente la journaliste dépitée par ce rendez-vous manqué. Un véritable fiasco, le genre d'interview que l'on renonce généralement à publier. L'entretien est néanmoins reproduit tel quel. Pour l'illustrer, une photo de tournage prise pendant une pause. Une vingtaine de personnes sont assises sur des marches qui ressemblent à celles d'une église. Tu es au premier rang, à côté de toi un homme ou une femme – on ne sait pas très bien – en pantalons, sandalettes et aux cheveux longs, semble dormir, la tête cachée dans des bras enroulés autour des genoux. Tu es exceptionnellement vêtue d'une robe, sûrement pour les besoins d'une scène. Je ne t'ai jamais vue porter que des jeans. Deux jambes fines s'échappent de l'étoffe. Aux pieds, des ballerines noires en tissu dont les rubans enlacent tes chevilles délicates. Tu regardes au loin, boudeuse, la tête posée sur ta main gauche. Comme si elle était déjà devenue trop lourde.

Maria est là, Maria n'est plus là. Maria est à Londres, Maria est au Maroc, Maria est à Los Angeles, Maria est à Rome. On ne sait plus où est Maria. Elle parcourt les villes, de chambre d'hôtel en chambre d'hôtel, traverse les océans, brûle l'argent du film maudit. Elle le distribue aux amis, aux dealers, à tous ceux qui lui demandent, le dépense en vêtements et en billets d'avion, en verres offerts au hasard dans les discothèques, le perd aussi, les nuits où elle se perd elle-même. Maria suit des hommes ou des femmes. Un Pakistanais de dix-neuf ans qu'elle décrit comme « super beau » et qu'elle délaisse au bout de deux mois, une photographe américaine droguée. Une intimité qu'elle raconte aux journalistes, entre deux portes. Son vœu de prudence n'aura pas tenu très longtemps. Et après tout, n'est-ce pas ce que tout le monde attend, des détails de la vie sexuelle de Maria Schneider ? « Je suis incapable de fidélité. On m'accuse d'être destructrice, ce n'est pas vrai. J'adore la vie, les hommes, les femmes », se croit-elle obligée de justifier. Maria ne s'attache à rien ni à personne, libre de tout sauf de l'héroïne qu'elle s'injecte dans les veines, chaque jour plus frénétiquement, augmentant les doses, prise après prise. Elle expliquera avoir commencé à se défoncer dès la sortie du film.

Maria disparaît. Les parents ont peur. Dans l'appartement, j'entends leurs voix inquiètes qui cherchent des nouvelles au bout du téléphone à cadran. On appelle les oncles, les cousins, les connaissances. Où est Maria ? Elle réapparaît, sans prévenir. Je rentre de l'école et maman me dit sur le chemin : « Maria est là. » On ne sait jamais dans quel état on va la trouver. Parfois elle est joyeuse, excitée, raconte ses dernières fêtes, ses voyages, des projets de films. Puis elle retombe dans l'abattement ou le sommeil. Je ne comprends pas pourquoi elle dort en plein après-midi sur la banquette de bois recouverte d'un matelas noir et de coussins en tissus indiens remplis de kapok que mon père a fabriquée. Maria dort dans de drôles de positions, là où son dernier shoot a laissé choir son corps. Ses boucles noires recouvrent son visage, les bijoux ethniques achetés sur les marchés de Londres n'émettent plus aucun cliquetis sur ses bras inertes. Je cherche dans les yeux de ma mère une explication rassurante.

« Elle n'est pas morte, n'est-ce pas ? Elle ne va pas mourir ? » Ces mots je ne les dis pas, ils ne parviennent pas à sortir de mes lèvres, je suis trop jeune, ils sont trop graves, ils traversent mes pensées, terrifiants, mais je les garde pour moi. Ma mère les devine. Maman devine toujours tout, elle a grandi dans la méchanceté, les mensonges et la tristesse, elle sait les tourments qui peuvent habiter l'esprit des petites filles. « Elle va se réveiller, ne t'inquiète pas. C'est la drogue, elle va se réveiller. » Elle me conduit ensuite dans la cuisine aux meubles de plastique orange et aux fauteuils violets. Un verre de lait et mon pain au chocolat qu'elle fait réchauffer au four tous les jours m'attendent sur la table blanche. Elle me demande de lui raconter ma journée d'école, elle qui y est si peu allée, puis m'accompagne dans ma chambre. Je m'installe à mon bureau pour y faire mes devoirs. Je n'ai pas le droit de jouer avant d'avoir terminé et qu'elle ait tout vérifié. Après ce sera le bain et le repas du soir, toujours à la même heure, comme la lecture et le coucher. Dans cette famille où la folie et le malheur ne sont jamais très loin, maman se raccroche à des rituels et des règles strictes. Comme si s'en écarter, ne serait-ce que quelques minutes, risquait de nous plonger dans le chaos.

Tu n'as pas trente ans. Tu es internée à Sainte-Anne. C'est là que l'on place les toxicomanes ramassés en crise de démence ou de manque. On les répare de leurs overdoses, on tente de les sevrer par la chimie, on les attache, on les assomme à coups de médicaments hautement dosés, on leur fait des électrochocs. Les parents connaissent le chemin. Ils se meuvent un peu trop bien dans les dédales des couloirs blancs, sous les néons, au milieu des cris qui s'échappent des chambres. Ils ont appris le nom des médecins, celui des infirmières. Tu es considérée comme une habituée des lieux, tu tournes à quatre grammes d'héroïne par jour. Ta notoriété te confère un statut VIP. J'entends dire que tu as bénéficié d'une transfusion intégrale de sang, un traitement que l'on administre aux célébrités américaines à la frontière de la mort. Je n'ai pas huit ans et je trouve ça assez classe que l'on te traite comme les plus grandes stars.

Ce jour-là, tu sembles calme, les pilules ont fait leur effet. Tu as souhaité que maman t'apporte des pastels, tu as envie de dessiner à nouveau. Elle arrive les bras chargés, tu souris. Tu avais fait la même demande à ta mère. Elle t'avait déposé quelques crayons de couleur usagés sur ta table de nuit. « Regarde », dis-tu à maman d'un air triste. Tu n'ajoutes pas grand-chose, mais la colère est montée. Tu répètes que tu ne supportes pas cette chambre close, les barreaux aux fenêtres, le verrou à la porte. Tu te sens oppressée. Lorsque maman s'en va, ton visage se durcit. Tu cries : « J'ai envie de tuer ! »

Tu es perdue et tu cherches des mains généreuses. Ce jour-là, ce sont celles de Frédéric Mitterrand que tu rencontres. À ta manière, à reculons, sans avoir l'air de demander quoi que ce soit, tu es si fière. Entre âmes à vif, vous vous êtes reconnus. Vous ne venez pas du même monde. Il est fils d'un polytechnicien, neveu du futur président de la République, il est passé par les bancs de Sciences Po avant de s'adonner à ses passions, le cinéma, la fête et ses excès. En 1971, il a abandonné l'enseignement pour racheter et diriger une salle de cinéma, l'Olympic, dans le 14e arrondissement de Paris, premier maillon d'une véritable chaîne de salles d'art et d'essai. L'Olympic attire les cinéphiles. On y découvre des chefs-d'œuvre que l'on ne voit pas ailleurs, des classiques et des films indépendants. L'Olympic draine aussi une faune de marginaux, toxicos de tout poil, occasionnels ou désespérément accros. Il devient un lieu de deal et de défonce, un pourvoyeur de petits jobs qui permet aux jeunes d'aller cramer le soir au

Palace les quelques francs qu'ils ont gagnés dans la journée comme ouvreurs. Vous ne venez pas du même monde, mais la nuit est un microcosme qui réunit ceux qui n'auraient jamais dû se rencontrer. Vous vous croisez dans des soirées, vous ne vous parlez pas. Il sait qui tu es, tu sais qui il est. Cela vous suffit.

C'est à l'Olympic, un samedi après-midi d'automne, que tu t'adresses à lui pour la première fois. Dans son souvenir, tu étais « seule et agitée ». Tu es venue vers lui pour lui demander de t'avancer de quoi prendre un taxi. Il veut t'aider davantage. Tu réponds que tu n'as besoin de rien d'autre. Il ne te croit pas. Il voit bien que tu es « dans une mauvaise passe ». « Quand on traverse tout Paris pour s'adresser à un inconnu avec une demande dérisoire, c'est qu'on appelle au secours », écrira-t-il bien des années plus tard. Avant d'avouer : « Je m'en suis tenu à cette aumône pour un taxi, je ne lui ai même pas proposé de me laisser son numéro de téléphone au cas où, j'étais soulagé de la voir partir, sa détresse m'avait fait peur. » Ils sont rares ceux qui reconnaissent craindre la folie de l'autre, avouent fuir devant les dérèglements. Combien de fois à la maison nous sommes-nous sentis apaisés par tes silences et tes disparitions ? Cet ami-là a su mettre des mots sur les ambivalences que nous ne formulions pas, ce mélange de honte et de soulagement de n'avoir pas de nouvelles. Frédéric Mitterrand t'a laissée partir dans le froid et le manque, « jolie Maria, si secrète et si fière, qui t'éloignes en vacillant et en disant merci dans une rue pluvieuse ». À cette époque aussi, nous te laissions t'envoler vers le danger avec une régularité coupable.

Lorsque tu es là, mon frère se cache. Il refuse de sortir de sa chambre. Il faut lui apporter son repas dans le tipi d'Indien en tissu qu'il a dressé près de son lit. Il le grogne du haut de ses cinq ans : « Je ne veux pas la voir. » Mes parents ne le forcent pas. Il ne sort de sa tente que pour se rendre aux toilettes en prenant bien garde que tu ne traînes pas dans le couloir. Parfois, tu te rends compte de son absence : « Il n'est pas là le petit ? » « Il est dans sa chambre. » Tu écoutes à peine, tu es déjà passée à autre chose, une histoire à raconter, un coup de téléphone urgent à passer, un ami à retrouver ou bien tu dois repartir, subitement, tout de suite, une urgence. Un jour tu demandes : « Est-ce qu'il a peur de moi ? », comme si tu réalisais qu'il y avait peut-être un lien entre ta présence et son absence. Tu connais probablement la réponse, elle semble te tracasser. « C'est un enfant », l'excuse ma mère. Tu m'attires sur tes genoux : « Toi tu n'as pas peur de moi, hein ? Je ne te fais pas peur ? » Je dis « non » de la tête. Je te serre très fort avec mes petits bras, je glisse mon visage dans ton cou, à travers la forêt de tes cheveux, je couvre les piqûres d'aiguille d'une pluie de baisers pour que tu me croies.

Je ne veux pas que tu devines. Bien sûr que j'ai peur. Parce que souvent tu cries, parce que tu t'emportes, parce que tu te grattes furieusement les bras à t'en arracher la peau et à en faire couler le sang. Parce que tu te lèves brutalement, parce que tu titubes, parce que tu tombes parfois, parce que tu t'endors d'un coup comme si la vie t'avait quittée, parce que tu hurles dans ton sommeil opiacé, parce que tu te disputes avec des gens au téléphone, parce que tu es d'un coup très en colère ou que tu ris trop fort. J'ai peur parce que je sens bien que tout ce que tu fais, ce que tu dis, la façon dont tu te meus, dont tu parles n'est pas celle des gens normaux, ceux que l'on croise à la sortie de l'école ou dans la cage d'escalier, au supermarché Suma pour les courses ou dans le métro.

J'ai peur, mais je reste. Quand tu es là, je ne veux rien manquer. Ce que raconte Maria ne peut être dit par personne d'autre. Tout dans ta vie est extraordinaire et la réserve de tes récits est inépuisable. Tu as passé la nuit au Palace, tu as dansé avec Nathalie Delon et d'autres qui ont l'air très connus, mais dont les noms n'évoquent rien pour moi. On te croise chez Castel et dans le quartier Montparnasse. Tu poses aux côtés d'Eva Ionesco, autre enfant sacrifiée, dont la mère vendait les photos pornographiques, en blouson de cuir porté à la garçonne sur des jeans usés. Tu te bats et le lendemain tu ne te souviens plus d'où proviennent les traces bleues et marron qui zèbrent ton corps. Tu te fais cambrioler à Paris, ou peut-être que tu as laissé la porte ouverte. Tu te fais plastiquer ton appartement de Rome par des dealers en colère. Ça m'impressionne beaucoup, une explosion, comme on en lit dans les journaux. Il n'y a plus rien, vraiment plus rien, racontes-tu, vaguement inquiète, avant d'éclater de rire. Tu te fais voler ton argent, souvent tu te fais voler ton argent. Ou bien tu le perds, ou tu le prêtes sans plus savoir à qui. Les billets si salement gagnés te brûlent les doigts. Tu ne veux plus rien garder du cachet du film qui t'a fait sombrer. Quand tu repars, il m'arrive d'interroger maman. Je veux savoir si tout ce que tu as dit est vrai. Maman me regarde comme si elle ne savait pas quoi me répondre. Elle semble parfois douter, mais cela n'a pas d'importance. Même chez nous, si loin des lieux où se déroule le reste de ta vie, tu construis ta légende.

Le lendemain de ta mort, *Libération* affiche en une une grande photo de toi te montrant poitrine nue et offerte, bestiale, objet sexuel. Une photo tirée du *Tango*. Tu aurais détesté que l'on te rende hommage ainsi. Tu en aurais pleuré, tu te serais mise dans une rage folle, toi qui as passé toute ta vie à essayer d'effacer les marques que tu pensais infâmes. Nous n'avons pas aimé non plus cette représentation de toi. Parce qu'on ne voulait pas te voir réduite à ta chair. Parce que tu étais autre chose que ce corps exhibé. Parce qu'on ne représente pas les morts ainsi. Parce que jamais un journal n'aurait choisi pour accompagner une nécrologie l'image d'un homme dévêtu. Parce que le journal qui avait décidé de le faire n'était pas n'importe quel journal. C'était le nôtre, c'était le mien. C'était celui que mes parents achetaient quotidiennement depuis son premier numéro en 1973. Celui qui nous avait initiés, nous les enfants, à la politique et à tant d'autres choses comme le combat pour les femmes. Celui qui m'avait donné envie de devenir journaliste. Celui où j'avais travaillé pendant treize ans et où l'un de mes cousins écrivait encore. Ce n'était pas de ce côté-là que l'on attendait le coup.

Longtemps tu as raconté des histoires en couleur. Au pastel, au feutre, à l'aquarelle. Depuis toute petite, tu dessinais d'un trait précis des hommes et des femmes vêtus d'étoffes colorées à la manière des estampes japonaises. J'ai su, bien plus tard, que c'était ton beau-père, peintre, qui t'avait appris à dessiner. Mes parents collectionnaient chacune de tes œuvres et t'encourageaient à en produire davantage. Tu dessinais des couples, des princesses et des princes, des mariés, des danseurs. Parfois, tu représentais des scènes de tournage de film, des plateaux de cinéma, des acteurs en pleine action. Une façon de caresser l'univers de ton père, ce père dont tu connaissais le nom, mais que tu ne voyais pas. Tu utilisais des encres de Chine qui rendaient tes croquis particulièrement délicats. Tu pouvais passer des heures sur le motif d'une robe ou d'un pourpoint, créais des centaines d'imprimés aux couleurs harmonieusement agencées. Jeune fille, tu les déclinerais sur des cartes de vœux et des menus de restaurant que tu vendrais entre deux figurations. L'écrivain Régine Deforges en raffolait, elle t'en acheta plusieurs.

Après le *Tango*, tu n'as plus dessiné. Nous gardions chez nous les vestiges de cette passion éteinte. Lors des tristes week-ends à la campagne, je contemplais tes travaux conservés à l'abri de la lumière dans un carton rigide. Un détail m'intriguait particulièrement : tes personnages étaient dotés de très longs cous, à la manière des girafes, disproportions étranges et audacieuses comme chez les femmes de Modigliani ou les silhouettes filiformes des sculptures de Giacometti. Maman m'expliquait que c'était cela être un artiste, s'affranchir des règles formelles et du bon goût. Je devinais autre chose dans les longs cous de tes personnages, tes créatures voulaient voir plus loin que les autres, percer les secrets de l'horizon.

Maria est là. Nous sortons de l'école mon frère et moi, nos cartables vissés sur le dos. On ne voit qu'elle, on n'entend qu'elle. Elle paraît si grande au milieu de la foule des parents, les bras levés, les cheveux ébouriffés, une peau de mouton glissée sur une chemise chinée aux puces, des bracelets d'argent qui tintent sur ses poignets. Maria a décidé de venir nous chercher ce jour-là. Elle a dit à maman : « Je viens avec toi. » Maman se tient droite, comme tous les jours, la main serrée sur le sachet en papier qui contient les pains au chocolat achetés à la boulangerie. Mais ce n'est pas elle que je regarde, que tout le monde regarde, les parents, les enfants, les instituteurs qui sortent sur le porche pour voir ce qu'il se passe. En quelques secondes, la nouvelle s'est propagée : l'actrice est là, celle du film à scandale, la partenaire de Marlon Brando. Elle n'a pas l'air dans son état normal, on se bouscule sur le trottoir pour assister au spectacle. Ce n'est pas tous les jours qu'il se passe quelque chose dans ce quartier tranquille où les familles de la classe moyenne ne voient de célébrités que sur les pages glacées des magazines qu'ils feuillettent dans les salons de coiffure. Les gestes de Maria sont désordonnés, sa voix trop forte, ses propos confus. Les mères les plus inquiètes entraînent leurs enfants au loin, comme s'il devenait dangereux de rester là. Je les vois se retourner vers nous pendant qu'ils s'éloignent, les yeux brillants et apeurés, partagés entre la crainte d'en avoir trop vu et l'envie d'en savoir davantage. Maman explique calmement à Maria qu'il faut rentrer nous aussi. Maria la regarde sans sembler saisir le sens de sa phrase, elle paraît ne plus se souvenir de ce qu'elle fait là. De retour à la maison, mon frère court s'enfermer dans sa chambre. Maria tourne en rond dans la cuisine et sur elle-même, comme une toupie. Elle continue à parler, je ne comprends rien à ce qu'elle dit. Je n'arrive pas à savoir si elle est joyeuse ou en colère. Maman lui propose un verre d'eau ou une tasse de thé, ce qu'elle veut, ce dont elle a besoin. Elle dit oui, puis non, elle ne sait pas, elle n'écoute pas, elle fait mine de s'asseoir puis se relève pour poursuivre sa course folle. Maria s'en va, elle ne dit pas « au revoir », plutôt « je reviens ». Les cris reprennent, ils proviennent de la dalle cette fois, cette esplanade de béton qui relie les immeubles de la cité sur laquelle les enfants jouent et les plus âgés lisent leurs journaux au printemps. Par la vitre, je vois Maria danser, je l'entends hurler. Je ne sais pas si elle chante ou si elle pleure. Les fenêtres s'ouvrent les unes après les autres. Les familles se serrent dans les embrasures étroites et tordent le cou pour mieux voir. Maman murmure à mon oreille : « Elle ne se rend pas compte de ce qu'elle fait. »

Moi je pense au lendemain, lorsqu'il va falloir retourner à l'école. Aux regards sur nous, aux moqueries des camarades. Comme si cela ne suffisait pas déjà que notre mère soit métisse, que l'on soit habillés et coiffés n'importe comment, il fallait maintenant que tout le monde sache que nous venions d'une famille de fous.

Il y a la honte et il y a la fierté. La fierté de ne pas être comme tout le monde. Avec toi plus encore, nous sommes supérieurs aux autres, nous appartenons à une catégorie de gens riches d'une histoire hors norme et de personnalités hors du commun. On nous regarde parfois avec commisération, souvent aussi, je le remarque de plus en plus au fil des années, avec envie. Dans notre famille, il y a du mouvement. La vie des autres nous paraît fade. Le drame nous fait sortir du lot, de la masse de ceux auxquels il n'arrive rien. Tu alimentes notre singularité avec constance et superbe. Tu as fait l'amour avec Bob Dylan dans un avion, les hôtesses ont dû vous séparer. Les autres passagers étaient si choqués qu'ils ont menacé de porter plainte contre vous dès l'atterrissage. Tu en ris encore. Tu te marres de leurs gueules, tu les imites. Quels puritains, ces Américains ! Dylan s'est amouraché de toi. Tu sembles ne pas y prêter grande importance, mais tu tiens à ce qu'on le sache. D'ailleurs, il t'a écrit une chanson. Tu nous la fais écouter. Puisque tu assures qu'elle t'est dédiée, c'est qu'elle l'est, pourquoi vérifier ? Tu précises que ta photo figure sur la pochette de l'album. Au dos du 33 tours, un patchwork de clichés. On y voit des visages un peu flous, des images de fêtes, des silhouettes d'hommes et de femmes, des têtes baissées et des regards tournés vers des scènes hors champ. Je me brûle les yeux pour chercher tes traits dans les photos reproduites, je suis convaincue de te reconnaître sous une masse de boucles brunes.

Entre tes apparitions, la vie retrouve son calme. Maman parle peu, je ne me souviens pas l'avoir entendue crier une seule fois. Elle parle peu, mais pleure souvent. Je me dis que c'est à cause de ses parents, dont elle nous a dit qu'ils sont méchants. Elle ne travaille plus depuis notre naissance. Son emploi du temps s'organise autour de nous, des cours de danse qu'elle suit avec assiduité et de ses séances de psychanalyse où j'imagine qu'elle parle de ses parents méchants. Papa travaille beaucoup, un seul métier ne suffit pas à le combler. Il ne se contente pas d'être haut fonctionnaire, d'avoir décroché les diplômes les plus prestigieux, il deviendra psychanalyste, écrivain, critique musical et littéraire.

À l'école, je suis considérée comme une bonne élève. Les maîtres m'apprécient. Au collège, je suis moins sérieuse, mais aimée des garçons. En dehors du cercle intime de mes amies et de mes amoureux, je suis paralysée par une timidité proche du handicap. Je me cache derrière mes longs cheveux bruns et ne lève jamais la main pour répondre aux questions. Être appelée au tableau me plonge dans des angoisses terribles. Lorsque cela m'arrive, je sens mes jambes se dérober, une sueur froide couler entre mes omoplates, aucun son ne sort de ma bouche. En classe, je veux que l'on m'oublie, je donnerais tout pour être transparente. Surtout ne pas me faire remarquer. Ne plus me faire remarquer. Jamais.

À trois ans, à l'âge de l'entrée à l'école, j'arrête de manger de la viande. La vue du gras me donne envie de vomir, je ne peux pas regarder celui qui entoure les tranches de jambon comme un ruban. Je ne supporte pas le sang qui s'échappe des steaks lorsqu'ils cuisent dans la poêle. Je ne tolère que le blanc de poulet, de temps en temps, et bizarrement le foie de génisse bien cuit que me prépare maman. Mes parents décident qu'il n'y a rien de grave si je mange peu. La liste des aliments qui me révulsent s'étoffe au fil des années. Le poisson, les légumes, la salade, les fruits. Je me nourris de pâtes et d'œufs, ma mère invente une recette, les pâtes aux œufs. Elle casse un œuf dans la casserole des pâtes, touille le blanc et le jaune qui cuisent au contact de la chaleur. J'y ajoute un peu de gruyère râpé. Mon « régime » alimentaire pose, en revanche, des problèmes au personnel de l'Éducation nationale. Mes parents sont régulièrement interpellés par la directrice. Je suis très maigre, maman préfère dire que je suis « menue ».

Dans la cour, je tombe beaucoup et je suis régulièrement frappée par de plus costauds que moi. Je me retrouve plusieurs fois à l'hôpital. Mes parents finissent par être convoqués par les services sociaux qui se demandent si je ne suis pas victime de mauvais traitements et de malnutrition. Ils sont davantage vexés qu'inquiets. Mon père se souvient n'avoir rien mangé pendant son enfance avant de se mettre de nouveau à apprécier la nourriture. Ce sera la même chose pour moi. J'entends les mots « anorexie infantile », sans comprendre de quoi il s'agit. Je me demande aujourd'hui si je ne cherchais pas alors à vous ressembler.

Je ne suis pas une enfant triste. La vie autour de la dalle est joyeuse. Ma meilleure amie Célia a des parents qui ressemblent aux miens. Ils habitent dans la barre d'à côté et nous passons notre temps à faire des allers-retours entre nos deux immeubles. Chez moi, il faut sonner et prévenir de notre arrivée. Chez Célia, la clé reste dans la serrure, même la nuit. Tout le monde peut entrer et sortir à sa guise, famille, voisins, amis. Chez elle, on a le droit de peindre sur les murs et de se servir des glaces à toute heure dans le grand congélateur installé dans le couloir qui mène aux chambres. Le salon est tout entier occupé par un métier à tisser géant sur lequel je vois de temps en temps son père, médecin du travail, tenter de confectionner un tapis. Dans la cuisine, sa mère, que Célia n'a le droit d'appeler que par son prénom, reçoit autour d'un café tiède tous ceux qui ont besoin de parler. Les mercredis après-midi d'hiver, nous allons parfois sonner chez le frère du chanteur Renaud. Renaud est notre première idole. On se pâme devant son regard clair, ses cheveux blonds décolorés, ses jambes arquées et sa dégaine de blouson-noir. Il raconte la France de l'époque avec un argot de titi parisien. Il pulvérise les codes du disco et de la variété. Il est comme nous, arrogant et timide à la fois. Il parle en verlan, cette langue que l'on s'entraîne à manier car elle nous distingue de ceux qui ne la maîtrisent pas. Le verlan crée une frontière entre ceux qui le comprennent et ceux qui ne le comprennent pas. Il est notre langage, pas celui des parents qui jugent cette mode ridicule. On ne joue pas avec les mots dans la génération qui nous précède, ils sont encore sacrés.

Thierry Séchan nous accueille gentiment, il nous offre des bandanas rouge et blanc que nous découpons en diagonale aux ciseaux pour en faire profiter les copains, il s'occupe de faire dédicacer les 45 tours que nous lui laissons en dépôt. Il ne semble pas gêné par ce ballet de gamins qui viennent toquer à sa porte. Il s'habille comme son frère, il lui ressemble. Avec lui, nous avons un peu l'impression d'être avec Renaud et il a l'air d'apprécier cette admiration que nous lui portons et dont il capte une partie de la lumière. Renaud nous appartient. Plus qu'aux autres, veut-on croire. Parce que le HLM dont il parle dans la chanson, c'est celui de Thierry, c'est le nôtre. Parce que le beauf avec son berger allemand on le connaît, on s'en moquait déjà bien avant que le tube ne passe en boucle, comme la voisine du cinquième. On les croise dans l'ascenseur, leurs enfants sont à l'école de la rue du Château-des-Rentiers avec nous. Leurs manies sont reconnaissables, la vie de l'immeuble racontée à tous. Si Renaud a choisi de nous dépeindre, c'est que nous sommes exceptionnels.

Nos parents nous laissent errer dans les couloirs, nous incruster chez des gens qu'ils connaissent à peine, nous installer sur des canapés dans des appartements le temps d'un choco BN et d'un Oasis tropical. On passe de barre en barre, parfois équipées de cordes à sauter ou de patins à roulettes en métal qui font un boucan d'enfer. On joue à l'élastique sur la dalle, on le fixe entre deux bancs, c'est pratique. On va à la parfumerie pour supplier la vendeuse de nous donner quelques échantillons de crèmes dont on se tartine maladroitement les joues. La patronne estime que l'on vient trop souvent et finit par nous dire d'aller voir ailleurs.

Avec Célia, nous partageons une passion pour le dessin. Nous avons d'ailleurs gagné un concours organisé dans les écoles parisiennes. Mon amie a obtenu le premier prix, moi le second. On se met en tête de vendre nos œuvres. Célia, dont la mère est peintre, a une très haute opinion de la valeur de nos gribouillages. Nous passons une partie de nos après-midi à fixer pour chacun d'entre eux des prix astronomiques. Par discrétion, nous décidons de ne pas démarcher ses voisins directs ni les miens, mais de sonner aux portes de la troisième barre qui compose notre cité, celle dont on disait qu'un homme ou une femme, je ne sais plus, s'était jeté une nuit du haut du toit. Nos prix baissent à mesure que nous montons les escaliers et arrivées devant les portes, notre assurance est quasiment réduite à zéro, si bien que nous tirons au sort pour savoir laquelle de nous deux va appuyer sur la sonnette. Finalement, nous bradons nos dessins pour quelques centimes qui, à la fin de la journée, feront des francs. Nous les dépensons à la boulangerie en bonbons interdits par maman, des soucoupes avec de la poudre qui brûle la langue et qu'elle appelle du « poison ». De retour à la maison, je suis immédiatement trahie par une haleine que ma mère qualifie de « chimique ».

Par beau temps, nous jouons sur la dalle. Les parents jettent de temps en temps un coup d'œil par la fenêtre pour s'assurer que tout va bien. On traîne le long des boutiques, on passe devant la teinturerie de madame Maruani, on s'attarde devant la maison de la presse où l'on achète aussi les fournitures scolaires, on fait le tour du Suma, hébergé dans un immeuble rond, copie miniature de celui de la Maison de la radio. Quand nous sommes fatiguées, nous nous installons dans le combi Volkswagen des parents de Célia. Il est toujours ouvert, comme leur appartement, et aménagé avec des matelas. On s'y allonge et on parle de nos amoureux, du métier que l'on exercera lorsque nous serons grandes et des voyages que l'on fera un jour. On s'imagine sur les routes, dans le combi forcément, on passerait notre permis de conduire.

Dans les articles qui parlent de toi au temps de ta splendeur, il est mentionné que tu es la fille de Daniel Gélin et d'un « mannequin roumain ». Je m'amuse de constater qu'à l'époque, être d'origine roumaine était plutôt considéré comme un atout dans un curriculum vitae. Roumaine, elle ne l'était que par sa mère. Peu importe. Ce raccourci n'est qu'une infime approximation au regard de toutes les erreurs que je lirai par la suite sur ton compte. Au sein de la fratrie de sept enfants réunie sous le patronyme de Schneider, ta mère n'occupait pas la place la plus aisée. Seule fille parmi les garçons, elle est née au milieu, quelques années après les aînés, les deux « vrais » enfants de Schneider et avant les petits derniers, nés de pères différents. Elle a grandi, comme les autres, dans le chaos familial, entre un père officiel pianiste et homosexuel mort trop jeune et une mère violoniste et alcoolique partie trop tard. S'il est bien un point sur lequel les sept s'accordèrent à penser la même chose, c'était de n'être pas nés dans l'environnement le plus stable qui soit.

Dans la famille, on ne se souvient pas que ta mère ait été mannequin. On se rappelle, en revanche, qu'elle était enceinte à quinze ans, qu'elle ternissait la réputation déjà bien entamée de la maison par la rumeur de ses conduites scandaleuses, qu'elle avait été enfermée à la Vallée aux Loups, qu'elle se promenait nue dans la bâtisse délabrée de Melun. On sait peu de son père, un homme dont tout le monde s'entendait pour dire que c'était « un sale type ». Il était soupçonné d'avoir collaboré avec les Allemands pendant la guerre.

Dans le grand bazar de son existence, notre grand-mère avait essayé de faire deux trois choses à peu près cohérentes, comme de donner à chacun ou presque de ses enfants, un frère ou une sœur du même père. Le « vrai » frère de ta mère était un homme fragile qui se perdit davantage que les autres. Délinquant, voleur, alcoolique, il reviendra fracassé de la guerre d'Algérie et se tuera quelques années plus tard dans la maison de ta mère, d'une balle de carabine en pleine tête.

Comme souvent les femmes de notre famille, ta mère a eu des enfants de pères différents. Son premier et son dernier garçon ont eu le même, un peintre doté d'une certaine réputation. Tu étais arrivée au milieu, fruit d'une relation éphémère avec un acteur célèbre et marié, qui n'avait pas choisi de t'avoir.

Ce tableau familial je l'avais brossé dans un précédent livre que tu n'avais pas aimé. Tu estimais que cela ne regardait personne, l'alcoolisme et la folie, la bâtardise et le déclassement social, les cris et la fureur, les suicides et les internements psychiatriques, l'inceste et l'homosexualité. Tu détesterais probablement que j'en parle à nouveau. Je le devine. Je le fais pourtant. Parce que comme toi, je pense que l'on peut tout s'autoriser. Parce que cette histoire est aussi la mienne, qu'elle a forgé ce que je suis, qu'elle m'appartient. Pas plus, pas moins qu'à vous.

Je travaille depuis quelques années déjà. Je suis devenue journaliste, je raconte la vie des autres. Je suis désormais maman d'un petit garçon dont la vivacité et l'intelligence me font découvrir un sentiment nouveau, une incroyable fierté dont je me repais avec un plaisir sans limites. Ce jour-là, nous nous retrouvons toi et moi dans un train pour Strasbourg. C'est après la drogue, après les crises et les disputes. C'est bien avant que la ligne à grande vitesse n'accélère le voyage. Ce qui reste de la famille de mon père, mon oncle, ma tante, une poignée de cousins, se réunit dans un compartiment. Nous allons enterrer Henri, un des derniers frères de papa encore en vie, le seul dont l'ascendance paternelle n'a pas été identifiée dans le fatras familial. Celui qui n'a pas eu de vrai frère ou sœur avec qui grandir. Le vilain petit canard, celui que ma grand-mère n'aimait pas, celui dont elle ne citait jamais le prénom, celui qui ne figure pas sur les photos de famille. Je l'avais déjà croisé, dans un cimetière, probablement, à l'occasion d'une autre mort, mais je n'en gardais aucun souvenir. Il y avait eu déjà tellement de décès autour de nous. Henri ne venait pas à Paris, sa vie s'était déroulée dans l'est de la France, à la campagne, entouré de chevaux. Il avait été cadre dans une usine, on ne lui connaissait ni femme ni enfant. Aucun autre élément de sa biographie ou de son caractère ne m'avait été communiqué.

Tu es là, assise en face de moi dans ce vieux compartiment de huit places d'un wagon de seconde classe. Tes lourdes boucles s'écoulent en cascade sur tes épaules amaigries. Tu caches les premières rides de ton front sous une frange que tu sembles dompter avec difficulté. Nous parlons de tout et de rien, tu plaisantes comme tu le fais souvent, avec cette ironie grinçante qui te protège des autres et sûrement aussi des angoisses qui t'assaillent. Nous ne savons pas trop ce qui nous attend là-bas, qui sera présent autour du cercueil. Nous sommes un peu inquiets. J'avais bien tenté d'éviter ce périple que je pressentais pénible, mais mon père avait insisté : « C'est ça la famille, être ensemble aux enterrements, même si les liens ont été brisés. » Cette phrase avait suffi à me convaincre d'assister à la mise en terre d'un inconnu.

À la gare, nous sommes pris en charge par des gens qui se présentent si rapidement que je suis incapable de retenir leurs prénoms. La journée s'enchaîne vite, une messe, le cimetière, un verre dans la maison du mort. Il y a beaucoup de monde pour dire au revoir à Henri. Il n'avait pas vécu si seul que nous l'imaginions, il était entouré. Cela m'avait rassuré de penser que ce frère maudit avait été aimé, qu'il avait des amis, des collègues qui l'appréciaient. Des personnes nous parlent avec un accent difficile à comprendre. La maison d'Henri est grande. Mon père, qui s'y est rendu la semaine précédente, a composé des lots pour chacun de nous, l'héritage de l'oncle. On les tire au sort comme pour un jeu dans une fête paroissiale. Je reçois une collection de poissons en argent articulés dont quelqu'un me glisse qu'ils sont de grande valeur, mais dont la laideur me rebute. Ils sont toujours dans le sac en plastique dans lequel je les ai reçus, au fond d'une armoire. Plus de quinze ans après, je ne sais toujours pas qu'en faire.

Ton jeune frère Éric est présent. Je le rencontre pour la première fois. Il est arrivé de son côté et a surgi pour le vin d'honneur. Il me met mal à l'aise. Il est sympathique, mais fébrile, chaleureux, mais nerveux. Je le pressens collant et sa conversation m'ennuie déjà. Les cousins se regroupent instinctivement autour du buffet où nous buvons à la hâte quelques verres de vin alsacien dans l'espoir improbable de nous détendre. Éric est celui qui parle le plus. Il répète combien il est heureux de nous voir. Il émet bruyamment l'idée que nous, « les jeunes », allions passer quelques jours de vacances ensemble. C'est si « chouette » de se retrouver enfin, il ne faut plus se perdre, nous devons absolument apprendre à mieux nous connaître. Il suggère une croisière sur un voilier, il sait naviguer, assure-t-il. La mer, c'est sa passion, son élément. Nous acquiesçons, un peu gênés, il semble fragile et aucun d'entre nous ne veut doucher son enthousiasme. Un de mes cousins me glisse à l'oreille : « Avec lui sur un bateau en pleine mer, plutôt mourir. » Nous ricanons un peu sottement.

J'ai appris la mort d'Éric quelque temps plus tard. Il était parti se promener. Il s'est jeté du haut d'une falaise, dans cet océan qu'il disait tant aimer.

En cette fin d'après-midi, en Alsace, alors qu'un autre nom s'est ajouté au cimetière familial, notre principale inquiétude est de ne pas manquer le train du retour. On ne s'en parle pas, on n'a pas besoin de se le dire, il n'est envisageable pour aucun d'entre nous de passer la nuit là-bas. Nous nous mettons en quête d'une bonne âme qui aurait la gentillesse de nous reconduire à la gare. Plusieurs invités se proposent. Je me serre à l'arrière d'une voiture avec toi, Maria. Tu sembles la plus anxieuse d'entre nous à l'idée de rester coincée ici. À l'avant, un couple censé être de notre famille nous assaille de questions. L'homme et son épouse veulent connaître notre lien de parenté exact avec eux. Ils évoquent des gens que nous sommes supposés connaître, suggèrent des prénoms, cherchent la clé d'un cousinage énigmatique. Nous répondons à leurs interrogations de la manière la moins brutale possible. Le flou de nos propos les dérange. Dans l'habitacle, il y a comme une tension diffuse qui se mue en silence. Par la fenêtre, j'essaye de repérer des panneaux susceptibles de m'indiquer le temps qu'il nous reste à passer ensemble. Nos conducteurs n'ont visiblement pas l'intention de nous laisser nous en tirer comme ça. Au bout de quelques minutes, la femme se retourne vers nous, un voile anxieux dans les yeux : « En fait, vous ne connaissez aucun Schneider ? »

Pourquoi n'étions-nous pas comme tout le monde ? Mes parents ne se sont pas contentés de la folie de leurs propres familles, ils ont jugé bon de ne nous épargner aucune des bizarreries en vogue dans les années 70 et se sont appliqués à brouiller les seuls repères qui auraient pu nous aider à nous situer. Nous vivons alors en complet décalage avec ce que laissent supposer le statut professionnel de mon père ainsi que les origines sociales de mes deux parents, issus de la grande bourgeoisie. Nous habitons dans cette cité HLM, que mon père, soutien de famille, seul à gagner sa vie avec deux enfants à charge, a obtenue des services de la ville. Nous passons nos week-ends dans une maison partagée en communauté, près de la forêt de Rambouillet. Pour les vacances, nous partons camper pendant des semaines sur une île bretonne venteuse et sauvage où nous dormons sur des matelas gonflables sans penser à nous laver. Parfois, nous rejoignons des amis qui réinventent la vie en commun dans des villages cévenols en ruines, au bout de sentiers rocailleux, dans des maisons assommées de chaleur sans eau ni électricité. De temps à autre, nous nous rendons chez une cousine de maman dont le mari est chiropracteur et qui se promène, un pendule à la main, pour traquer les mauvaises énergies et les esprits malins. Ils sont végétaliens, proscrivent toute nourriture provenant des animaux, les laitages, les viandes, les poissons, les œufs. Je me souviens de l'amertume des tartes aux blettes et des salades de boulgour servies à chaque repas. Les conversations des adultes tournent autour des effets de la pleine lune sur la croissance des cheveux. Il est important de les couper à certaines dates et de les brûler immédiatement, sinon une sorcière pourrait leur jeter un sort. Mon père n'est guère porté sur le paranormal ni les grandes interrogations sur l'univers, qui constituent un sujet de discussion récurrent chez les hippies que nous fréquentons alors. Il est tout entier dédié au militantisme gauchiste. Il a choisi l'organisation maoïste la plus extrémiste où être marié et avoir des enfants est interdit. Il ment à ses camarades. Pour la plupart de ses compagnons de lutte, nous n'existons pas. Nous sommes pourtant de tous les combats, de toutes les protestations, aux côtés des ouvriers autogérés de l'usine de montres Lip, sur le plateau du Larzac, dans les manifestations contre les marées noires. Notre appartement est rempli de produits achetés en grande quantité pour soutenir les causes d'ouvriers en lutte. Des caisses de madeleines encombrent une partie de la cuisine. Je ne sais pas comment nous en sommes venus à bout. Je n'ai jamais réussi à en avaler depuis. Notre enfance est une longue suite de manifs en tout genre dont je garde un souvenir réjouissant.

Ma mère achète la plupart de ses vêtements aux puces. Elle égaye ses tenues de bijoux qu'elle fabrique elle-même, des broches en laiton recouvertes de paillettes multicolores, des colliers de perles tissées qui irradient sur sa peau brune, des boucles d'oreilles pendantes qui frottent contre ses cheveux crépus. Elle vend occasionnellement les créations qu'elle prend tant de soin à confectionner dans les boutiques et en offre aux plus proches, à sa belle-sœur, à toi aussi Maria. Tu en raffoles. Mon frère et moi sommes habillés avec un mélange de pièces achetées chez Prisunic, de tuniques ethniques ramenées par des copains des quatre coins du monde, de blouses berbères ou roumaines, de robes indiennes, de bonnets péruviens, de sabots danois, de pulls tricotés en famille avec des laines aux couleurs vives mêlées à des rubans satinés et des fils de lurex. Sur les photos de cette époque-là, nous sommes magnifiques, cheveux longs et broussailleux, regards noirs et vifs, tenues bariolées. À ce moment de l'enfance pourtant je déteste la façon dont nous sommes accoutrés, les pulls mal taillés, les sabots inconfortables qui blessent les chevilles et rendent périlleux tous les jeux de la cour de récréation : la course, les parties de cache-cache, que nous perdons systématiquement tant il nous est impossible de courir au même rythme que les autres, la corde à sauter ou le saut à l'élastique difficilement compatibles avec les lourdes semelles en bois.

La honte vient d'abord de là, de ces détails insignifiants, qui distinguent à l'âge où l'on a pour unique obsession de se conformer au goût commun. Je rêve de robes à smocks, de sandales à brides, de souliers vernis, de kilts, d'un uniforme où les couleurs primaires, le bleu, le rouge, le jaune remplaceraient le violet, l'orange ou le rose dont nous semblons être les porte-drapeaux. Plus tard, ma mère acceptera de m'offrir les mêmes vêtements que mes amies, sans doute à cause de mon entêtement et aussi parce qu'on avait un peu plus de moyens. Mais la honte était là, tapie, surgissant à l'improviste, par bouffées violentes et incontrôlables. Ce sentiment de n'être pas comme il faut ne m'a jamais quittée depuis. Les habits que nous portions alors signifiaient bien plus que l'apparence qu'ils nous donnaient. Ils attiraient l'attention sur nous, ils montraient ce que j'aurais tant aimé que l'on ne voie pas : que beaucoup de choses allaient de travers chez nous.

Le quatuor étroit de notre famille rapprochée était une enveloppe bien fragile pour nous protéger de la folie qui nous encerclait de toute part. Les autres enfants racontaient des familles normales avec des grands-parents plus ou moins sympathiques, des oncles, des tantes et des cousins qui se retrouvaient pendant les vacances. Nous n'avions pas de grands-parents. La mère de mon père perdait doucement connaissance dans une maison de retraite en avalant les flacons d'eau de Cologne que ses enfants lui offraient pour se parfumer. Le père de mon père était mort lorsque celui-ci était enfant. Nous avions un nom de famille que nous n'aurions jamais dû porter. Nous étions des bâtards. La fratrie de mon père était si difficile à démêler que nous n'osions en parler. À l'âge de vingt ans, papa apprit par hasard que son père n'était pas son père et que ses frères – à l'exception d'un seul – n'étaient pas ses vrais frères. Il y avait désormais dans notre géographie personnelle les « vrais » et les « faux », une ligne de démarcation en fonction de l'identité des pères, qu'accentuait encore la différence d'âge. Les « faux », nous ne les voyions pas. Ils étaient « fous », disait-on. Ils étaient alcooliques, ils étaient drogués, ils étaient perdus, ils se suicidaient. Ils entraient et sortaient de nos vies au gré des conversations. Lorsque l'on entendait parler d'eux, ce n'était souvent pas bon signe. Il y avait une fâcherie, forcément très grave, une crise de démence, une mort brutale. Nous nous retrouvions alors, les « vrais » et les « faux », sans savoir à quelle catégorie nous appartenions exactement, dans des salles d'attente d'asile psychiatrique, dans des hôpitaux ou dans des cimetières.

Ce dérèglement semblait ne pas avoir de fin, passant de génération en génération sans aucun répit, se transmettant malgré la mort, des plus âgés aux plus jeunes, brisés à leur tour, s'étendant aux conjoints, à tous ceux qui avaient la naïveté ou l'inconséquence de se rapprocher de nous. Du côté de ma mère, nous n'avions pas de meilleure histoire à fournir à nos camarades. Elle avait des parents, mais nous ne les avions jamais vus. Elle les avait quittés à sa majorité pour ne plus les revoir. Ils habitaient à Paris, comme nous, nous ne connaissions ni leur voix ni leurs visages. Ils n'avaient jamais cherché à nous rencontrer. Ils étaient « méchants », nous expliquait ma mère. Toi

Maria, tu étais entre les vrais et les faux, dans une zone indéfinie. Tu faisais partie de la catégorie des « fous » évidemment, mais on considérait que tu avais des « excuses ».

Tu étais très malade. Une tumeur au poumon avait été diagnostiquée plus d'un an avant. Les médecins étaient pessimistes. Tu avais été opérée à plusieurs reprises, subi des radiothérapies lourdes, essayé de nouveaux traitements supposés plus efficaces que les anciens. Jusqu'au bout tu nous assurais de ta voix de plus en plus faible que tu allais guérir. Tu perdais du poids, tu avais dû couper tes si beaux cheveux et arrêter de les teindre, tu étais épuisée par les traitements et une toux incessante. Tu répétais pourtant que tu allais t'en sortir. Tu te raccrochais aux exemples de certaines de tes connaissances qui avaient survécu alors qu'on les disait condamnées. Tu citais des cas précis, ceux de célébrités dont on t'avait parlé. Tu y croyais encore, même après avoir quitté l'appartement du quartier du Palais-Royal pour un établissement médicalisé dont on ne sort que dans un linceul.

Nous allions te voir, chacun à notre tour, pour ne pas t'épuiser. Tu ne mangeais plus grand-chose.

Lorsqu'on te demandait ce qui te ferait plaisir, tu répondais invariablement « du champagne ». Tu aimais les grandes marques aux étiquettes raffinées, les fines bulles et le cliquetis des flûtes qui se frôlent. Nous partagions une coupe ou deux, quelle que soit l'heure de la journée. Tu faisais semblant de te cacher comme une enfant qui a commis une bêtise. Les infirmières s'amusaient de ce petit jeu. Tu disais que tu aimais ta chambre. Tu la trouvais spacieuse et propre. Sur le bord de la fenêtre, tu avais disposé les cadeaux que tes visiteurs t'apportaient. Certains restaient dans leur papier, tu étais trop fatiguée ou tu avais jugé inutile de les ouvrir, ces présents que tu ne rapporterais pas chez toi. Tu te levais avec de plus en plus de difficulté, mais tu tenais à nous raccompagner à la porte du centre. Au-dessus de ton lit, plusieurs spots encastrés dans le mur éclairaient la pièce aux murs blancs. La veille de ta mort, tu les avais désignés du doigt en souriant : « C'est comme sur un plateau de cinéma. » Ton regard s'était illuminé un court instant.

Brigitte Bardot a insisté pour prendre en charge tes obsèques. La famille n'a pas eu son mot à dire. Tu parlais souvent de « Brigitte » et l'on comprenait qu'il s'agissait de Bardot. Tu l'avais recontactée pendant ta maladie, après des décennies de silence entre vous. T'étais-tu sentie une nouvelle fois abandonnée, lorsque, après avoir été chassée de chez ta mère, après avoir quitté le domicile de mes parents dont tu étais si proche, tu avais dû déménager de l'avenue Paul-Doumer ? Je ne t'ai jamais entendue en parler, tu ne te retournais pas sur les moments douloureux. « Brigitte » apparaissait çà et là dans les conversations. Tu évoquais les coups de téléphone qu'elle te passait tous les dimanches, les cadeaux qu'elle t'envoyait. Il s'était retissé entre vous un lien qui devait vous faire du bien à l'une comme à l'autre. Sa notoriété était incomparablement supérieure à la tienne, mais vous aviez souffert des mêmes maux, une image de sex-symbol trop lourde à porter, de femme-objet, d'actrice dont personne ne questionne le talent, victimes de la domination masculine.

À la toute fin, « Brigitte » t'avait demandé ce qui te ferait le plus plaisir. Tu avais répondu sans hésiter : « Retourner à Menthon-Saint-Bernard. » Là-bas, dans cette commune de Haute-Savoie au bord du lac d'Annecy, la famille possédait une maison de vacances. Je ne l'ai pas connue. Toi tu y passais, comme mon père, la plupart de tes étés. Notre différence d'âge ne nous a pas donné la même géographie. Vous parliez entre vous de Melun et de Menthon, deux demeures englouties avant ma naissance dans la faillite familiale. Tu avais dû garder de jolis souvenirs de cette maison des Alpes que je n'ai vue qu'en photo pour la choisir comme dernier périple. « Brigitte » t'avait offert le voyage à Menthon, le train et l'hôtel. Tu avais plaisanté, encore une fois : « Elle ne prend pas soin que des chiens écrasés. »

Le film dure sept minutes et quatorze secondes. Maria est l'invitée de « Cinéma cinémas », l'émission de Michel Boujut et de Claude Ventura consacrée aux comédiens et aux réalisateurs. Un programme pas comme les autres, une série de rencontres conçues comme des films, où la caméra laisse vivre celui qu'elle capte, l'autorise à boire ou à fumer, à se baisser, à tourner la tête, à sortir du champ. Elle tourne pendant les silences, saisit les émotions, rythme l'interview de fondus au noir. L'invité devient l'acteur d'un film qui parle de lui, le réalisme devient fiction. Maria est face à l'objectif. Elle est assise sur la banquette d'un café. Dans son dos, un grand miroir reflète la masse de ses cheveux. Elle a perdu ses rondeurs d'enfant, elle a la beauté d'une femme de trente ans. Pendues à ses oreilles, des créoles se mêlent aux mèches auburn. Elle porte une veste noire sur une chemise blanche, l'uniforme dans lequel je la verrai presque toujours désormais. Je devine sur ses jambes une paire de jeans cachée par la table derrière laquelle

elle se tient droite. Première cigarette : elle tutoie une interlocutrice qu'on ne voit pas, hors cadre. La séquence démarre au milieu d'une discussion, comme on surprend par hasard une conversation entre deux personnes. Il est question des hommes et des femmes, du traitement inégal que le monde du cinéma accorde aux uns et aux autres. Maria ne prononce pas le mot de misogynie. Maria ne fait pas de politique. Maria constate : « Pour les hommes c'est plus facile, ils sont considérés comme des saltimbanques, des marginaux. Quand tu vois des destins comme celui de Romy ou d'autres, tu te poses des questions. » Pause, deuxième cigarette : « Des rôles, j'en refuse beaucoup. Il n'y a pas beaucoup de rôles de femmes dignes. On fait toujours exister une femme par rapport à un homme, par rapport à un couple. » Elle ajoute, fataliste : « Comme partout, ce sont les hommes qui ont le pouvoir au cinéma. » Elle aspire une bouffée, la fumée brouille l'image, Maria se tait.

Maria ne parle pas en l'air. La question du statut des femmes, de la sienne, la tourmente. Sept ans auparavant, tout juste âgée de vingt-trois ans, alors que les critiques lui prédisent encore un brillant avenir à l'écran, elle laisse déjà échapper un pessimisme profond devant la caméra de Delphine Seyrig. En 1976, l'actrice a décidé de tourner un documentaire intitulé *Sois belle et tais-toi*, en référence au film du même nom réalisé par Marc Allégret en 1958. Elle y interroge une vingtaine d'actrices et de réalisatrices, françaises, américaines ou anglaises, sur la place des femmes dans le cinéma. Maria est filmée à la campagne, un feuillage touffu semble avaler sa silhouette. Elle fume tellement déjà. Elle raconte : « Je ne reçois que des rôles de schizophrènes, de folles ou de lesbiennes que je n'ai pas envie de faire maintenant. » Elle voudrait aussi avoir droit à sa part de fraîcheur, recevoir un projet joyeux. « J'aimerais bien jouer des trucs plus légers, un film comme *Céline et Julie vont en bateau* », une fiction loufoque de Jacques Rivette sortie en 1974. Maria rit. Elle poursuit : « Et aussi avec des hommes qui aient mon âge. Nicholson c'est mieux que Brando, mais ce n'est pas ça. Il a quarante ans, j'en ai vingt-trois. Les producteurs sont des hommes, les techniciens sont des hommes, les metteurs en scène pour la plupart sont des hommes, la presse, ce sont des hommes, les agents ce sont des hommes qui te donnent les scripts, qui t'orientent, qui te conseillent. Ils ont tous des sujets pour les hommes. »

Face à la caméra de « Cinéma cinémas », dix ans après le *Tango*, Maria a compris deux ou trois choses en plus : « C'est un métier très très dangereux. » Elle insiste : « Très. Un métier que je ne conseillerais à aucune jeune personne de faire. Il faut une force, une santé, une tête bien là. » En toile de fond, le crachement d'un percolateur se mêle au claquement d'un flipper manipulé avec rudesse.

Troisième cigarette : « Quand tu étais petite, tu voulais faire du cinéma ? » Maria fait « non » de la tête. « Je voulais dessiner, devenir peintre. » Son attention s'échappe, attirée par un nouveau son dans la salle : « Il y a un orgue de Barbarie ici ? »

Dans la famille, deux versions s'opposent sur les raisons de ta si courte carrière. La première, celle qui circulait chez nous, est que la drogue t'a chassée des plateaux. La seconde, celle à laquelle tu t'accrochais avec une volonté têtue, résidait dans la violence du monde du cinéma où les hommes dictaient encore toutes les règles. Il y en avait une troisième, qui n'a jamais été évoquée par quiconque, mais à laquelle chacun d'entre nous a pensé : tu n'étais pas faite pour ça. Tu aimais le cinéma comme si la pellicule était un fil qui te rattachait à ton père, mais jouer ne te plaisait pas tant. Nous n'aimons pas jouer dans la famille. Ni aux cartes, ni aux jeux de société, de rôles ou de hasard. Notre histoire est trop encombrante pour que nous soyons capables d'en inventer d'autres.

Dans la séquence de sept minutes et quatorze secondes qui t'est consacrée, l'intervieweuse te pose une dernière question : « Aimes-tu être sur un plateau ? » Tu souris, comme pour masquer une gêne.

Tu baisses les yeux. Le silence ne dure pas longtemps, j'y perçois une forme d'aveu. Puis tu relèves la tête, bravache, et fixes la caméra avec insolence : « Si je n'aimais pas ça, je ferais autre chose. »

Maria est là. Elle est allongée sur le canapé. Elle semble dormir, puis se relève brusquement, agitée. Elle se gratte, comme si elle venait de se faire assaillir par une nuée de moustiques. Elle se frotte la peau avec vigueur et maladresse, j'ai peur qu'elle ne se fasse mal. Elle prend son sac, elle doit y aller, là tout de suite. Elle est en manque. Il lui faut trouver un dealer, acheter de la drogue. C'est ce que j'ai entendu mes parents expliquer plusieurs fois. Elle claque la porte sans nous dire « au revoir ». Quelques minutes plus tard, elle sonne rageusement en cognant en même temps avec ses poings contre le bois. On ne lui ouvre pas assez vite. Maria est furieuse, sa mobylette n'est plus en bas, elle vient de l'acheter, pas plus tard qu'hier. C'est pour nous la montrer qu'elle est venue nous voir ce jour-là. Nous étions descendus admirer le deux-roues. Elle en était si fière, mes yeux brillaient avec les siens. J'admirais la peinture bleu métallisé et le rétroviseur chromé, il s'agissait forcément de la plus belle mobylette du monde. Maria est outrée qu'on ait pu lui dérober sa nouvelle acquisition. Elle ne décolère pas. Mon père lui fait remarquer qu'elle ne l'avait pas attachée, peut-être même avait-elle laissé les clés sur le contact. Elle proteste, mais est incapable de retrouver le trousseau. Elle hurle contre ce « quartier de merde », elle ne sait même pas pourquoi elle vient ici d'ailleurs. Clés ou pas clés sur la mobylette, ce n'est pas normal qu'on la lui ait volée. Elle veut aller chez les flics, elle va porter plainte, ils verront ce qu'ils verront ces petits salopards. Papa essaye de la dissuader, il commence à perdre patience. Il en a assez de tout ce cirque, des frasques de Maria, des cris et de la défonce. Il aimerait bien passer un week-end tranquille pour une fois. Il essaye de la calmer. « Tu ne peux pas aller au commissariat dans ton état. » Maria ne comprend pas. Elle proteste : « Je ne vois pas pourquoi. » Le ton monte parce que papa n'en peut plus, parce que l'exaspération et la peur sont soudain plus fortes que la patience. Alors il se met à crier lui aussi et l'attrape par le bras, il lui remonte les manches avec brutalité pendant qu'elle se débat : « Tu ne comprends toujours pas, regarde-toi, regarde tes bras, tu crois que les flics vont gentiment prendre ta plainte et te laisser repartir comme ça ? » Il désigne les traces de piqûres, et je suis là, et je regarde. Je suis une enfant. Il y en a tellement, je ne pensais pas qu'il y en avait autant, qu'il pouvait y en avoir autant, et tous ces bleus et la peau violacée. Il soulève les cheveux lourds de Maria, la traîne devant la glace, pointe du doigt les marques dans son cou, des points rouges et des traits jaunes : « Tu es trouée de partout, des pieds à la tête. » Et il répète : « Regarde-toi, regarde-toi ! » Elle ferme les yeux et je les ferme aussi parce que c'est trop moche à voir et que la tête me tourne. Maria se tait maintenant. Papa la lâche, il semble épuisé : « Vas-y si tu veux, souffle-t-il d'une voix à peine audible, mais je n'irai pas te chercher en taule. » Maria s'en va. Dans l'escalier, on entend un dernier cri : « Vous ne me verrez plus jamais. » Quelques jours plus tard, elle est là à nouveau, le regard dans le vague, un foulard autour du cou, alanguie contre les coussins indiens. Elle ne parle plus de la mobylette bleue.

Nous sommes en voiture, dans cette R12 blanche que nous avons conservée jusqu'à ce qu'elle n'en puisse plus de nous trimbaler. Je regarde par la fenêtre légèrement entrouverte, comme maman me l'a appris pour éviter d'avoir mal au cœur. J'ai toujours eu envie de vomir dans cette voiture. Elle dégageait une odeur de pourri, celle des sièges en skaï, du tabac froid et des effluves louches qui émanaient du coffre et qui me semblaient tout contaminer. Tu n'as jamais rien pu jeter, papa. Tu disais que c'était parce que tu étais un enfant de la guerre. On se moquait de toi, tu es né au printemps 1944 ; de la guerre, tu n'as connu que les récits de tes aînés. Tu n'as jamais pu te résoudre à te débarrasser d'un fond de lait, d'un reste de poulet ou de quelques cuillères de soupe, d'un morceau de fromage rabougri, d'une tranche de pain rassis et tout cela, toutes ces rognures de repas, tu tenais à les ramener à Paris, chaque dimanche soir, dans des sacs en plastique et tout se renversait, se mélangeait, le fond de confiture, le décilitre de lait, quelques gouttes de sauce pour les pâtes, les miettes de gâteaux dans le coffre de cette voiture qui ne s'arrêterait jamais de puer.

Tout se mêlait alors, l'odeur fétide de l'habitacle et l'angoisse qui m'étreignait dès que j'y prenais place. Je n'ai jamais eu le mal des transports sauf dans cette voiture. En dehors des vacances d'été, nous l'utilisions uniquement pour nous rendre dans des endroits où je détestais aller. À la campagne, dans cette maison que je n'aimais pas, à Saint-Maur, pour rendre visite à mamie, qui attendait dans une maison de retraite que la mort la soulage enfin d'une vie de trop de malheurs.

Ce jour-là, nous nous rendons dans un lieu que je ne connais pas. Je vois la ville qui s'éloigne, la banlieue qui s'étire, les pavillons qui remplacent les barres d'immeubles, les premiers signes de campagne, les champs à perte de vue, les villages traversés. Je me souviens d'une forêt. Les forêts me font peur papa, depuis que tu nous y as perdus un automne lorsque nous étions si petits. La nuit tombait et tu ne retrouvais plus le chemin, il n'y avait plus de sentier du tout au bout d'un moment. Juste des arbres immenses qui se découpaient à peine dans la pénombre, des buissons touffus et bruissant de respirations animales, des racines et des ronces qui nous griffaient les jambes et nous faisaient trébucher. Cette soirée-là, dans notre déambulation anarchique, je chantais et je racontais des blagues. Mon frère était terrifié et toi au bord de la panique. Tu avais perdu tes enfants dans la forêt. Il faisait nuit désormais, tu savais que maman s'inquiétait, qu'elle avait accepté que tu nous emmènes à contrecœur, elle n'avait pas confiance en toi. Et moi, la petite fille si craintive, celle qui cachait son visage derrière des cheveux trop longs, qui n'osait pas lever le doigt en classe et qui refusait les invitations à dormir chez les copines, je chantais. Je fredonnais des paroles improvisées pour l'occasion. Je ramassais des bouts de branches que j'avais distribués à chacun, « des bâtons pour tuer les loups », et j'essayais de vous faire rire. C'est moi qui te rassurais papa, je te disais que tu allais reconnaître la route, forcément, très vite, que nous allions rentrer à la maison, nous réchauffer près du feu, que tu allais souffler dans ton bouffadou pour attiser les braises, cet instrument que parfois, dans la précipitation, tu saisissais à l'envers et tu te retrouvais comme un clown triste, la bouche noire de cendres. Je le répétais en évitant de regarder autour de moi, nous allions sortir de cette forêt menaçante et humide depuis qu'il s'était mis à pleuvoir, rentrer dans cette maison que tu aimais autant que je la haïssais, trouver notre chemin. Nous étions, un peu par hasard, tombés sur le hameau avec le soulagement de marins qui viennent d'affronter une tempête. Une des premières choses que tu avais dites à maman était : « Nous étions perdus et elle chantait ! » Tu semblais ne pas en revenir. Plus tard, tu étais venu me féliciter : je possédais une force immense, disais-tu, celle d'aller chercher des ressources insoupçonnées dans les moments les plus difficiles. Ces mots m'avaient transportée de fierté.

Ce jour-là, celui de la route que je ne connaissais pas, je ne pensais pas à l'odeur de moisi de la R12. C'était du temps de la drogue, la drogue qui était alors au centre de tout, Maria. De ta vie et aussi un peu de la nôtre. Tu revenais à la maison chaque fois plus défoncée, plus abîmée. Tu promettais d'arrêter et tu n'en faisais rien, tu te suicidais sous nos yeux. Les séjours à Sainte-Anne ne constituaient qu'une pause apnéique dans le cauchemar de ton addiction, tu en partais dès que tu pouvais et courais chercher une nouvelle dose. Papa avait eu vent d'une clinique qui prodiguait des traitements adaptés aux toxicomanes. Il t'avait convaincue de t'y rendre. Contrainte plutôt, tu ne voulais pas. L'établissement se situait loin de Paris.

Nous allons t'interner en famille, puisque tout chez nous se fait en famille. Personne ne semble s'interroger sur l'opportunité d'emmener ou non ses enfants à l'asile. Avec mon frère, nous restons dans la voiture, sur le parking, pendant que les parents te conduisent dans cette institution censée te sauver.

Des hurlements de bête sauvage parviennent jusqu'à nous. C'est toi Maria qui cries à t'en déchirer les cordes vocales. Un médecin ordonne qu'on t'attache, tu tentes, en vain, de te défaire de tes liens. Tu es sédatée de force. Nous repartons vers Paris et le bruit de ta douleur accompagne le chemin du retour. Tu t'es échappée dans la nuit. Tu n'as plus voulu revoir papa.

Souvent, je me dis que tu n'aurais pas aimé que je raconte cela, Maria. Tu n'aurais pas voulu que je parle de ta mère, de ton père, de la drogue, de tes frères. Alors j'efface ce que je viens d'écrire. Puis je recommence. Parce que parler de toi sans parler de ta mère, de ton père, de la drogue ou du *Tango*, reviendrait à renoncer à parler de toi.

Ce livre, nous aurions pu le faire ensemble. Nous aurions dû le faire ensemble. Nous avions prévu de le faire ensemble. Lors d'un repas de Noël chez mon père, alors que vous vous étiez enfin réconciliés, tu t'étais approchée de moi à tâtons. Tu n'étais pas encore malade, en tout cas, tu ne le savais pas. Tu semblais préoccupée. Tu pensais à la mort, à l'après, à ce qui serait dit à ton sujet. Tu répétais qu'à tout prendre, tu préférais donner ta version des faits, raconter toi-même. Tu me confiais avoir déjà noirci des dizaines de feuillets, des notes de tournages, des souvenirs, mais tu n'y arrivais pas toute seule. Puisque l'écriture était mon métier, est-ce que je voulais bien écrire ce livre avec toi ? A., ton amour, la femme avec qui tu as partagé l'essentiel de ta vie, approuvait cette idée et l'encourageait. En famille, on peut être en confiance, semblait-elle penser. Je t'ai promis d'y réfléchir puis je t'ai rappelée. Je pressentais que le projet ne serait pas simple, il m'inquiétait à vrai dire, tu paraissais encore si blessée et tes réactions étaient souvent imprévisibles. Tu m'avais assuré que tu y réfléchissais depuis suffisamment longtemps pour ne pas reculer. Tu m'avais demandé de trouver un éditeur. Mon amie Judith, avec qui je travaillais à *Libération*, me conseilla d'aller voir Jean-Marc Roberts, aux éditions Stock : « Les années 70, le cinéma, c'est pour lui. » J'étais arrivée rue de Fleurus avec la timidité des débutants. Je m'expliquais avec maladresse, il me coupa la parole. Pas la peine de lui en dire davantage, il adorait. J'organisai un rendez-vous entre nous trois. Nous nous étions retrouvés pour l'apéritif à l'hôtel du Louvre, non loin de chez toi. Tu aimais les bars d'hôtel, les lumières tamisées et les services soignés. La conversation s'est emballée entre vous sans que j'aie eu à intervenir. Vous échangiez vos souvenirs communs, ceux du monde de la nuit, de connaissances perdues de vue, d'amis retrouvés. En repartant, tu semblais joyeuse. Tu m'avais dit : « Je le sens bien. » Jean-Marc Roberts nous a envoyé un contrat fabuleux, mais très vite, avant même que nous ayons commencé à nous voir pour en parler, tu m'as fait part de tes premiers doutes. Fallait-il vraiment évoquer ton père ? Était-il nécessaire de mentionner la drogue ? Que dire de ta mère ? J'essayais de te rassurer, mais tes coups de téléphone angoissés se multipliaient. Plus tu pensais à ce livre, moins tu parvenais à trouver le sommeil. L'idée même de convoquer tes souvenirs te plongeait dans une terreur profonde. Tes doutes devinrent vite les miens. Ce livre ne devait pas être une source de souffrance, ni pour toi ni pour moi. Je décidai d'y renoncer. Tu as pris la nouvelle avec soulagement. Nous avons rendu l'argent consenti par Stock.

Parfois, au cours de rencontres familiales, tu faisais allusion à ce livre. Tu disais que tu n'étais pas encore prête, mais que nous le ferions un jour. Je faisais semblant de te croire, je me doutais que tu ne t'y résoudrais jamais. Je savais alors que je l'écrirais seule. Non pas ton histoire, qui t'appartient et dont je sais finalement si peu de choses, mais la nôtre.

Ta filmographie, je l'ai appréhendée dans le désordre au gré des hasards ou des circonstances. Le premier film dans lequel je t'ai vue jouer est *La Dérobade* de Daniel Duval. Tu y incarnes une prostituée aux côtés de Miou-Miou. C'était un mauvais départ. Voir ma cousine en pute, je m'en serais bien passée, tu imagines. Miou-Miou s'appelle Marie, toi Maloup, il y a Gérard le proxénète. Le film est sorti en 1979, il raconte la déchéance, la violence, la prostitution, des femmes manipulées et humiliées par des hommes. Encore une fois te voilà abusée, encore une fois on te filme à poil. Sept ans après le *Tango*, tu n'es pas parvenue à sortir de ce rôle prison. Tout au long du film, tu te tais. Tu es pourtant présente dans la plupart des scènes, mais tu ne desserres pas les dents, laissant Miou-Miou parler pour deux. Tout le monde parle sauf toi dans ce film. Ce silence, je l'avais noté sans le comprendre. On m'expliqua plus tard que tu étais alors trop défoncée pour aligner plus de trois phrases. Jour après jour, le réalisateur rayait tes répliques.

La Dérobade a eu un succès populaire. Pour toi, il a été un déclic. Tu as enfin pu le dire clairement : tu ne voulais plus te déshabiller. En ce début des années 80, tu as décidé de refuser tous les scénarios comportant des scènes de sexe. Pour sauver ta peau, il te fallait des vêtements. Tu ne serais plus jamais la fille lascive au corps offert. Personne ne verrait plus tes seins lourds et ta peau veloutée. Les propositions qui t'arrivaient en plus grand nombre étaient pourtant celles où tu figurais nue. Tu déclinais, souvent avec brutalité. Parfois tu essayais de négocier la suppression des plans qui te gênaient. Tu perdais à tous les coups. Les rôles étaient proposés à d'autres. Les scénarios encombraient de plus en plus rarement ta boîte aux lettres, on ne pensait plus à toi pour les premiers rôles. Pour les seconds non plus. Vêtue, tu n'intéressais plus.

Pendant plusieurs années, à cause de la dispute avec papa, tu ne veux plus venir chez nous. Je te vois chez mon oncle et ma tante. Chez les George, comme on les appelle, tu te sens bien. Tu es dorlotée, chouchoutée, aimée, fêtée, quoi que tu fasses, quoi que tu dises. Notre oncle est le seul vrai frère de mon père au sein de leur fratrie de sept enfants. Celui avec lequel il a partagé longtemps le même père sans le savoir, celui dont il est le plus proche en âge, celui avec lequel il a vécu la chute de la famille, le manque d'argent, le déclassement, l'humiliation, l'alcoolisme et les morts. Les George sont les seuls que nous voyons régulièrement. Se rendre chez eux est pour moi une friandise. Dès l'enfance, je trouve dans leur appartement de la porte d'Orléans, en bordure du cimetière de Montrouge, une gaieté et une légèreté qui manquent chez nous. Avenue Ernest-Reyer, on peut regarder des chefs-d'œuvre du cinéma et rire devant un navet ou une série grotesque. Mon oncle a deux grandes passions, la musique classique et le football, et il assume cet alliage avec décontraction et naturel à une époque où aimer le sport n'est pas forcément bien vu chez les bourgeois. L'été, les George partent chercher le soleil dans le sud de la France, en Espagne ou en Italie. Ils s'installent avec leurs trois enfants dans des appartements de location que mes parents auraient trouvés bas de gamme. Nos vacances à nous, le camping sauvage en Bretagne, sont plus spartiates. Je jalouse les leurs. Un été, ils m'emmènent avec eux sur une plage bétonnée près d'Alicante, où un immeuble géant projette son ombre froide sur la plage. On en rit, mais on s'en moque. Quand cette anomalie architecturale fait disparaître le soleil, nous transhumons vers la piscine bondée de la résidence. Il n'y a jamais de problèmes avec les George, aucune contrariété ne peut altérer leur bonne humeur. Je comprends avec eux que l'on peut jouir de plaisirs anodins, partager un bon repas, raconter des bêtises, s'acheter un cornet de glace, faire des ploufs bruyants dans une piscine, bronzer avec excès. Le soir après le dîner, nous partons nous promener dans les rues où des marchands ambulants vendent des bonbons et des colifichets. Il fait doux. Je découvre qu'il existe des endroits où l'on peut être dehors le soir bras et jambes nues. Je passe des vacances inoubliables. Je raffole de mon oncle et sa façon d'aborder la vie simplement, de la générosité de ma tante qui passe son temps aux fourneaux à préparer des mets succulents, de mes trois cousins qui semblent alors vivre plus joyeusement que nous. Souvent je passe le week-end chez eux à Paris. Je dors sur le canapé du salon, on regarde des films sur des cassettes vidéo, on discute, on écoute les matchs à la radio. Ma tante cuisine mes plats préférés, des lasagnes et des îles flottantes pour le dessert. Je ne suis pas habituée à me nourrir autant, je rentre le dimanche soir chez moi, barbouillée, le cœur au bord des lèvres.

J'aime aussi me rendre avenue Ernest-Reyer car c'est là que je vois Maria. Ma tante me propose toujours de venir lorsqu'elle la reçoit. Souvent, ma mère m'accompagne. Maria ne s'injecte plus d'héroïne, elle fume des pétards à la chaîne. Tout le monde semble penser dans la famille que ce n'est pas grave. On dit d'ailleurs que « Maria ne se drogue plus ». J'entre dans l'adolescence et c'est une autre Maria que je découvre. Plus calme, sans cris, sans débordements. On regarde ensemble la télévision, des films ou les émissions de variétés du samedi soir. Chaque année, les George nous réunissent pour suivre la cérémonie des César. Les soirées sont douces, nimbées de brumes de marijuana, il y a des moments drôles, de la tristesse aussi. Maria est revenue avec nous, mais ce n'est plus tout à fait Maria. L'héroïne a laissé des traces profondes sur sa peau, comme des cicatrices d'acné qui jamais ne s'estomperaient, elle lui a fait perdre des dents et terni les cheveux. Ses rondeurs ont disparu, laissant place à des pointes et des angles saillants sous des jeans trop grands. Même sa bouche, si pulpeuse à l'époque du *Tango*, semble rétrécie. Sur son visage, il y a trop souvent à mon goût des lueurs d'amertume. Maria a gardé son humour, mais elle l'exerce désormais pour se gausser des autres, les actrices que l'on voit sur le petit écran et dont elle jure qu'elles se sont fait « refaire la gueule », les manies ridicules de certaines, les caprices de stars qui ont autrefois été ses amies et qui ne prennent plus de nouvelles d'elle depuis que son nom ne figure plus en haut des affiches. Maria n'a plus de présent au cinéma. Elle ne le dit pas et nous faisons semblant de ne pas le savoir, mais elle doit bien se douter qu'il n'y a pas d'avenir pour elle non plus. Maria parle du passé, des rôles qu'on lui a volés, de ceux qu'elle a perdus, de ceux qu'elle a déclinés parce qu'on la voulait nue. Maria parle des films qu'elle aurait pu tourner si elle avait voulu. De *L'Été meurtrier*, un si grand succès, qu'elle assure avoir refusé et qui fut finalement joué par Isabelle Adjani. La preuve que c'était elle qu'on voulait, Adjani a bouclé ses cheveux pour lui ressembler. De *Cet obscur objet du désir* de Luis Buñuel qui a finalement choisi deux actrices, Carole Bouquet et Angela Molina, pour jouer le rôle qu'elle devait incarner seule. Elle en est fière, elle le répète souvent : il en a fallu deux pour la remplacer ! Elle raconte moins qu'elle s'est fait renvoyer du tournage au bout de quatre jours tant la drogue la rendait ingérable.

Quand elle ne réécrit pas le passé, Maria parle de la vie courante, de la banalité du quotidien, de ses problèmes financiers, de sa vue qui baisse, de ses frais dentaires, de l'appartement du Palais-Royal, décidément trop petit. Parfois, surgissent des réminiscences de son ancienne splendeur, un regard qui s'illumine à l'évocation d'un souvenir, un rire de gorge, une bouffée de parfum qui s'échappe de ses cheveux. Pour ces instants-là, je ne regrette jamais d'avoir partagé avec elle le canapé du salon de l'avenue Ernest-Reyer.

Les réalisateurs commencent à te tourner le dos, mais tu restes un sujet pour la presse. Le 9 juin 1978, *Paris Match* consacre quatre pages à Maria, « l'enfant perdue du cinéma ». Une photo te montre tignasse ébouriffée sur fond d'un jardin brouillon. Tu portes une robe chemise dont une épingle à nourrice remplace un bouton manquant. Tu serres tes mains l'une dans l'autre, tu sembles crispée face au photographe qui te demande de sourire. En bas du cliché, une main anonyme a tapé : « L'une des meilleures actrices de sa génération a choisi une vie de sauvageonne, loin de tout, au milieu des bois, à 500 kilomètres de Stockholm. » Pas très glamour. Ce n'est d'ailleurs pas toi qui figures en couverture du numéro, mais Isabelle Huppert qui vient de tourner *Violette Nozière*. La comédienne illumine la une, cheveux couleur soleil couchant, visage couvert de taches de rousseur comme le sont ceux des adolescentes fraîches. Huppert est l'incarnation d'une époque qui cherche à oublier les excès passés, frimousse délicate et sans aspérité, petite taille, française, tellement française. Une jeune fille à laquelle tout le monde peut s'identifier et qui ne suscite pas l'inquiétude des belles-mères. « Isabelle Huppert triomphe à Cannes », titre le magazine. En pages intérieures elle est présentée comme « l'antistar ». Elle pose en léchant un bâtonnet de glace avec un air innocent ou en remontant ses cheveux avec ses mains et en jouant des hanches, pauses suggestives et sexy, mais habillée de la tête aux pieds, foulard noué autour du cou. « Isabelle aime bien les parcs, les jardins publics et les petites rues insolites et provinciales à Paris », explique l'article. Pas de scandale avec cette génération-là, pas de drame, de drogue, de mort violente.

La fin de la décennie 70 aspire au repos et au retour des valeurs morales après des années de relâchement. *Paris Match* se charge de remettre les pendules à l'heure. Le numéro s'ouvre sur cinq pages consacrées aux « enfants fumeurs ». « Nos enfants commencent à onze ans ! » s'insurge le journaliste. « Devant le tabagisme, bien des professeurs font preuve de lâcheté », insiste-t-il. En lisant l'article, je pense à une photographie de moi, prise par mes parents. Je dois avoir quatre ans, guère plus, une frange coupée de traviole barre mon front. Je suis dans le jardin de la maison de campagne vêtue d'une longue chemise de nuit vert pomme sur laquelle est inscrit « pouce je dors ». Je ne dors pas du tout, ma main droite tient une cigarette allumée coincée entre mes lèvres d'enfant, la gauche un bonbon acidulé.

En 1978, la Coupe du monde de football se déroule en Argentine encore sous le joug d'une dictature militaire féroce. Envoyé par *Paris Match*, Jean Cau a fait le voyage pour « pénétrer l'intimité des tricolores ». « Les joueurs sont divisés », note le reporter. Dominique Rocheteau semble mal à l'aise : « Nous sommes complices du régime argentin », lâche-t-il, pensif, pendant que le masseur de l'équipe lui détend les muscles du dos. Michel Platini ne voit pas où est le problème : « Ici ce n'est pas pire qu'ailleurs. » Chez nous, il est hors de question de regarder cette Coupe du monde-là. « Boycott Argentina », proclame une grande affiche punaisée sur un mur du salon sur laquelle figure un ballon prisonnier dans des barbelés.

Depuis quatre ans, Valéry Giscard d'Estaing est au pouvoir. Le magazine n'oublie pas de fêter l'événement. Une série de clichés le montre à son avantage, Giscard reçu à la Maison Blanche par Jimmy Carter, Giscard saluant Jackie Kennedy dans le Concorde, Giscard conversant avec l'acteur américain Paul Newman. Giscard, le président moderne, qui a donné aux jeunes le droit de voter à dix-huit ans et aux femmes celui de disposer de leur corps, porte beau. *Match* fait comme si l'usure du pouvoir ne l'avait pas encore atteint, comme si l'heure de la déception n'était pas venue. La propagande officielle s'expose dans le titre qui surplombe les photos : « Giscard supersonique : de la Maison Blanche à la France profonde. » L'anniversaire de son élection, le président le célèbre, en effet, dans un village de Haute-Savoie qui a voté à 92 % en sa faveur en 1974. « Giscard a soufflé les quatre bougies devant monsieur le curé, l'institutrice, la doyenne et les autres », légende l'hebdomadaire. Quelques pages plus loin, dans la rubrique des potins mondains, on apprend que son fils Henri « trouve très à son goût la boîte de nuit punk le Palace, délirante à souhait ». Quelle formidable famille ces Giscard d'Estaing, défenseurs de la France éternelle, de la ruralité, du curé et de l'instituteur, mais également dans le vent !

Les quatre pages que *Match* te consacre sont imprimées en noir et blanc, comme pour mieux souligner ton destin tragique. L'époque a choisi, les nouvelles vedettes seront assagies, douces et solides, elles ne dériveront pas. L'article qui te concerne est là pour rappeler que tout se paye, que la liberté sexuelle conduit à la destruction et au désespoir. Le constat est sans appel : dix ans après, Mai 68 a provoqué davantage de ravages que de bienfaits. Les lecteurs de *Paris Match* regardent les photos de l'actrice perdue et se disent, confortablement installés dans leurs appartements modernes, que tout cela est fort heureusement derrière eux.

« Révoltée contre tout, elle s'est enfuie et se cache dans la forêt nordique », sous-titre l'article. Dans l'esprit des bourgeois, les maudits s'enfuient et se terrent forcément dans les bois comme des bêtes. Tu es décrite comme « une sorte de Brigitte Bardot pour temps de contestation générale », une étoile filante des années baba cool, logiquement punie par la vie. Aucun poncif ne t'est épargné : « Lolita », « biche impudique », « cover-girl ». Tu es censée être en phase de rédemption. Tu dis ce que l'on attend de toi depuis que la drogue et la rage t'ont éloignée des plateaux. « Ici on n'entend que les oiseaux, on ne pense à rien. Boire du thé, manger des fruits. C'est ça la vie », racontes-tu au journaliste, avant de te reprendre, toujours méfiante au jeu des questions-réponses : « Je me demande pourquoi je vous raconte tout ça. Je n'ai pas à me justifier. On pense de moi ce qu'on veut, que je suis une paumée, une droguée, une camée mal peignée, que j'ai mauvais caractère. Je m'en fous. » Le reportage te présente en compagnie d'une « amie », top model, ex-femme du trompettiste Quincy Jones. Elle porte une jupe longue, sa silhouette est fine et gracieuse. Elle se tient droite sur le cliché, à côté d'une chaise longue dans ce jardin sauvage. Elle te prend en photo. Tu gardes les bras croisés, comme un bouclier protégeant ton corps trop désiré. Peut-être as-tu simplement froid, ou tentes-tu de cacher les tremblements qui te secouent de plus en plus souvent. Deux autres photos illustrent l'article. Sur la première tu as trois ans, tu souris, emmitouflée dans un duffle-coat un peu trop grand pour toi. Tu tiens la main de ta mère, cheveux peroxydés, vêtue d'un manteau d'astrakan. Sur le cliché juste en dessous, tu es derrière les barreaux d'une prison à côté d'une autre blonde : « 1975. Maria se fait interner à Rome pour rejoindre une amie droguée. » Rien n'est dit, mais tout est dit, la drogue et la bisexualité. Le lecteur jugera. À la fin de son texte, l'auteur devient lyrique et (faussement ?) ému : « Il était une enfant trop vite montée vers la gloire. Elle ne savait pas comme il est lourd le prix à payer, quand on fascine avec son corps, ses gestes, des millions de regards. À qui l'expliquer ? Pour vous écouter, il n'y a que les arbres. Pour vous guérir aussi. »

Les autres actrices, elles, ne sont pas cachées dans la forêt. Elles sont au festival de Cannes où elles posent dans le même numéro en maillot de bain sur la plage ou en tenue de soirée, pimpantes et brillantes. Anne Parillaud a dix-sept ans et se déhanche devant le Carlton, Geraldine Chaplin arbore une moue boudeuse, Jane Fonda coiffée d'un panama porte une chemise ouverte jusqu'en bas des seins. Même Sylvia Kristel, révélée par *Emmanuelle*, a gardé sa place dans le saint des saints : « Elle s'est assagie en se mariant à l'acteur anglais Ian McShane, explique le magazine. Elle s'est échappée pour aller embrasser son fils, Arthur, qui vit avec sa grand-mère en Hollande et se prépare à tourner ». Un mari, un enfant, un nouveau film pour Sylvia Kristel, l'honneur est sauf, souffle *Paris Match*.

J'ai vingt ans, un amoureux, je fais de bonnes études, la famille vit une période d'accalmie. Personne n'est mort depuis quelque temps, les hospitalisations se sont espacées. L'hôpital Sainte-Anne semble avoir oublié notre numéro de téléphone. Je suis étudiante à Sciences Po, le lieu idéal pour acquérir une image lisse et sérieuse. Je m'habille comme la plupart des jeunes filles de l'école, du bleu marine, du bordeaux et du vert bouteille, des cols ronds et des jeans Levi's. Je noue mes cheveux avec des rubans de velours achetés au mètre à la droguerie, je glisse de fausses perles autour de mon cou et des créoles plaquées or à mes oreilles. Je chausse des ballerines vernies, je m'achète une écharpe écossaise dans une boutique hors de prix du boulevard Raspail. Je prends pour modèle les élèves issues des familles les plus bourgeoises, qui habitent dans des arrondissements que je connais à peine, le sixième, le huitième, le seizième, le dix-septième. Des jeunes filles dont les pères sont cadres dans l'industrie, qui ont fréquenté les rallyes et qui vont à la messe. J'essaye de me lier avec celles qui me regardent avec circonspection quand je leur dis que je ne suis pas baptisée, avec celles qui n'osent pas m'interroger sur mes origines parce que ce serait inconvenant, mais qui, dans le secret de leurs conversations, se perdent en conjectures sur la couleur de ma peau et mes cheveux si bruns.

À cette époque, nous pouvons faire illusion. Mon père a été nommé à un poste prestigieux au ministère de la Culture, son bureau est situé dans un hôtel particulier comme la République en offre à certains hauts serviteurs de l'État. Il dispose d'une voiture avec chauffeur, il vient souvent me chercher à la fin des cours. J'ai pour lui une admiration sans limites. Il a déjà écrit de nombreux livres, certains de mes camarades les ont lus et vantent son érudition. Je loge dans une chambre de bonne avenue Bosquet, un quartier triste que je perçois alors comme un ancrage indispensable au sein de la bourgeoisie étriquée à laquelle je rêve de me conformer. Personne ne peut se douter d'où l'on vient. Je ne dis rien, je ne parle jamais de Maria, de la drogue, de l'alcool, de la ruine, de la folie qui disloque notre famille. J'écoute, j'observe, j'apprends. Je suis un buvard. En plus de mes cours, je fixe dans ma mémoire vocabulaire, tournures de phrase, codes sociaux avec méthode et obstination. Mes camarades sont souvent blondes et habitent dans de grands appartements. Elles portent des serre-tête et des bijoux en or. Elles fréquentent des garçons parfaitement assortis à leurs tenues. Ils jouent au tennis et pratiquent la voile. Certains font briller des chevalières avec armoiries à leurs doigts fins. Ils partent en vacances ensemble dans de vastes maisons de famille sur la côte basque ou dans le golfe du Morbihan. Je copie leur façon de se coiffer, je coupe mes longs cheveux au carré, comme cela se fait alors rue Saint-Guillaume. Ma mère observe ma métamorphose avec une forme d'incompréhension. Elle a, elle aussi, renoncé depuis longtemps aux fatras baba cool, mais cette passion soudaine pour le serre-tête la déconcerte. Parce qu'elle est douce, elle dit seulement : « Ce n'est pas mon goût, mais tout te va. »

Parfois un grain de sable vient se glisser dans cet univers propre. Nous sommes assis dans l'amphithéâtre où nous écoutons religieusement les cours de professeurs dont la renommée interdit tout chahut. Un copain me chuchote à l'oreille que quelques jours auparavant, il a entendu une conversation à mon sujet entre deux étudiants. À l'un qui confiait me trouver jolie, l'autre avait répliqué que j'étais « trop foncée » à son goût. L'évocation de ces mots me crucifie encore.

Mon amoureux d'alors ne ressemble pas à la tribu par laquelle j'essaye de me faire adopter. Il est juif, il porte des cheveux longs qu'il attache en catogan, il vient de banlieue, il est brillant, très à gauche et milite activement. Sa famille, son histoire, son parcours n'ont aucun rapport avec les miens, mais nous trouvons un refuge commun dans les différences qui nous séparent des autres. Notre relation est stimulante et joyeuse. Nous révisons nos examens ensemble, nous nous serrons dans le lit une place de ma chambre de bonne cachée sous les toits, nous parlons politique, nous rions beaucoup, nous partons découvrir des endroits que nous ne connaissons pas. Il m'emmène à Madrid, le temps d'un long week-end. Je ne connais de l'Espagne que cette Costa Brava où j'avais passé de si belles vacances avec les George. Nous visitons le Prado, nous nous rendons à une corrida. Je n'aime pas la vue du sang et la brutalité des charges du taureau, le ballet macabre, les piques des toreros qui s'enfoncent dans la peau épaisse de l'animal. Je n'ose pas le dire à mon amoureux, les tickets ont coûté cher aux étudiants que nous sommes, même mal placés, tout en haut de l'arène. Je concentre mon attention sur les couleurs et les costumes, la soie, la délicatesse des broderies, les éclats de miroirs et le brillant des pierres, les étoffes noires, rose indien ou jaune safran, le mouvement gracieux de la cape.

Le soir, nous sortons dîner au hasard dans un restaurant populaire du centre-ville. Nous commandons deux paellas et un pichet de vin rouge, nous avons décidé de nous faire plaisir. Nous sirotons nos verres quand mon regard est happé par un jeune homme au comportement agité. La peur me saisit. Plus que la peur, une véritable panique, aussi irraisonnée qu'incontrôlable. Le garçon est drogué, ça ne fait aucun doute pour moi. Je l'observe avec ses amis faire des allers-retours réguliers aux toilettes. Nous avons atterri dans un quartier de toxicos, je le murmure à mon amoureux qui rit d'abord de me voir si inquiète. Mon dos devient froid, une suée soudaine trempe ma robe, mes yeux se brouillent, je suis prise de vertige. Mon angoisse est si forte que mon compagnon me propose de rentrer à l'hôtel. Nous laissons derrière nous quelques billets et nos assiettes à peine entamées. Les jours suivants, je les passe aux aguets, scrutant chaque passant d'un œil soupçonneux, évitant les WC publics pour ne pas tomber sur un junkie en train de se piquer. Je ne suis pas retournée à Madrid, dans cette ville où tu m'as rattrapée Maria, avec ta shooteuse, ta cuillère et ton briquet, avec ce poison qui était devenu le nôtre. Bien que nous soyons restés amis, mon amoureux ne m'a jamais reparlé de la terreur qui s'était emparée de moi au point de gâcher notre séjour. Peut-être a-t-il rangé ce comportement excessif au chapitre de mes bizarreries. Probablement ne s'en souvient-il plus.

Je dois avoir six ou sept ans, nous occupons encore le HLM du 13e arrondissement de Paris. On m'a attribué la chambre du fond, la plus grande. Je dors dans un lit en tubes en métal bleu marine, un vaste bureau en plastique moulé de même couleur est installé sous la fenêtre. Sur la droite, une maison en toile a été dressée. À l'intérieur, j'ai entreposé une lampe, mes poupées, un berceau de bois, une dînette. J'y passe des heures à me raconter une famille imaginaire. Parfois, j'autorise mon frère à partager mes jeux. Une gigantesque tapisserie tissée à la main par des femmes berbères recouvre le mur principal. Le soir venu, j'entasse tant de peluches dans mon lit qu'il ne reste quasiment plus de place pour mon petit corps. Je ne sais pas ce qui me réveille cette nuit-là. Un cri, une appréhension, le craquement d'un 33 tours dont le bras du tourne-disque bute sur le dernier sillon. Je me lève à tâtons. Je me souviens à peine que tu es là, Maria. La veille, tu es arrivée un peu avant l'heure du dîner. Un abat-jour orange éclaire le couloir. Maman le laisse allumé toute la nuit. Chez nous, les enfants ont le droit d'avoir peur du noir. Une autre lumière provient du salon. Je jette un coup d'œil en direction de la chambre des parents et je comprends qu'ils dorment, leur porte est fermée. Il est probablement très tard, seules une ou deux fenêtres sont encore éclairées dans les immeubles avoisinants. Je m'approche de la porte vitrée qui mène au salon, engourdie par le sommeil. À travers le verre granulé, je perçois ta silhouette penchée en avant. J'entrebâille la porte, je ne sais pas pourquoi je fais ça, mais j'entrebâille la porte. Peut-être pour vérifier que tout va bien. Je vois le garrot en tissu qui comprime ton bras et ton regard concentré sur l'aiguille qui s'enfonce dans ta veine. Ta tête glisse sur le côté. Tu as à peine la force d'arracher la seringue remplie de sang.

Grâce à toi Maria, je suis devenue un radar à toxs. Je les repère à dix kilomètres à la ronde, à leur regard fou, à leurs bras grattés frénétiquement quand le manque les surprend. Je m'inquiète dès que quelqu'un reste trop longtemps enfermé dans les toilettes d'un café, je tourne de l'œil à la vue d'une aiguille, les prises de sang auxquelles je me soumets le moins souvent possible relèvent d'un cauchemar que je ne peux surmonter qu'en fermant les yeux. Aucun des gestes des dealers ne m'échappe, les serrements de main faussement décontractés pour passer les doses, le pas qui s'accélère une fois l'échange fait. Aucune seringue abandonnée ne se dérobe à mon regard. Ni les garrots laissés dans les caniveaux, ni les cuillères noircies, ni les boulettes de papier aluminium. La drogue agit sur moi comme un aimant affolé et captif.

Ce dimanche d'hiver, il est encore tôt, 18 heures peut-être, mais la nuit est déjà tombée. Un jeune homme se tient devant moi dans la queue d'un cinéma du Quartier latin. J'ai seize ou dix-sept ans, il a quelques années de plus. Il est accompagné de ses parents qui le couvent d'un regard nerveux et épuisé. Ils semblent si vieux déjà, tellement plus âgés que les miens. Je ne sais rien d'eux, mais je lis sur leur visage l'angoisse infinie des nuits sans sommeil, des années de tourments. Le garçon ne tient pas en place, son teint est jaune, ses dents déjà abîmées, une agitation croissante le gagne. Il dit soudain qu'il ne peut pas rester là à attendre. Il ne peut pas. Il faut qu'il s'en aille, maintenant, tout de suite. Le père le retient fermement par le bras, le supplie de ne pas partir, de ne pas gâcher ce moment « en famille », lui demande d'essayer de tenir un peu. Sa voix trahit déjà l'échec, la lassitude d'une scène mille fois vécue, d'un combat perdu d'avance. Il serre le corps maigre de son fils avec d'autant plus de force que son renoncement est programmé. Je devine ce qui les a conduits jusqu'ici. Aller voir un vieux film en noir et blanc un dimanche en fin de journée à l'Action Christine, n'est-ce pas ce que les familles cultivées du quartier ont l'habitude de faire ? Ce trajet de leur appartement à la salle de cinéma, ils l'ont déjà fait des dizaines de fois avec lui quand il était plus jeune. Ils en revenaient tous les trois joyeux et bavards, échangeant leurs impressions sur le film, pressant le pas pour retrouver la maison et picorer les restes du week-end avant d'aller se coucher. Ressusciter ce rituel, ils pensaient l'idée bonne. Ça lui ferait sûrement du bien, l'aiderait à penser à autre chose, lui rappellerait que la vie peut être simple et agréable, oublier un instant la souffrance qu'il s'inflige et qui les ronge tous. Mais il n'est plus temps des sorties en famille.

Soudain, le rythme des corps s'accélère. Le jeune homme tente de s'arracher à l'étreinte désespérée du père. Il demande de l'argent, il ne va pas tenir, il le dit « je vous jure je vais crever sinon, je ne vais pas tenir ». Le père et la mère cherchent chacun dans les yeux de l'autre une solution impossible. Le garçon redemande de l'argent. Non, il ne demande pas, il exige. Il fouille les poches du père qui jette à la foule un regard honteux. Le père ne bouge plus, il laisse le fils s'emparer de son portefeuille et en extraire quelques billets, il le regarde partir, tourner au coin de la rue, du pas sûr de celui qui sait où trouver sa dose. La mère glisse son bras sous celui de l'époux et se blottit contre son imperméable noir. Elle lui parle tout bas, murmure qu'ils ne pouvaient rien faire, ils n'ont rien à se reprocher. Elle le rassure : « Il va revenir, il revient toujours. On va l'attendre. » Je les regarde, serrés l'un contre l'autre dans le malheur et le froid et je pense : « Vous allez l'attendre, oui. » Comme on attendait Maria.

Je vais avoir douze ans dans quelques jours. C'est l'année 1981, une année particulière chez nous comme chez beaucoup d'autres Français. La gauche est en passe d'accéder au pouvoir. À la maison, les réunions politiques se multiplient. Papa a quitté l'organisation d'extrême gauche à laquelle il appartenait, mais continue à croire en la révolution. Cinq ans auparavant, je l'ai vu pleurer pour la première fois. Je revenais de l'école, il se tenait accablé sur un tabouret de la cuisine. Des larmes roulaient sur ses joues. Je ne l'avais jamais vu ainsi, mon papa qui me semblait alors si fort, qui portait cette famille de fous à bout de bras. Celui que tout le monde appelait lorsqu'il y avait un problème, lorsque ma grand-mère faisait des siennes à la maison de retraite, lorsque son frère s'était suicidé, lorsque sa sœur pleurait au téléphone. J'avais balbutié : « Qu'est-ce qui se passe ? » « Mao est mort. » Je me souviens avoir partagé sa peine. Le Grand Timonier était notre modèle, le grand-père que je n'ai jamais eu. Les exemplaires du Petit Livre rouge étaient partout dans l'appartement, des affiches le montrant fier et digne guidant son peuple tapissaient les murs de notre maison de campagne, mes livres d'enfant racontaient sa fabuleuse histoire. Il avait libéré son pays et s'apprêtait à faire de même avec les opprimés du monde entier. Bien sûr, ces dernières années, papa avait compris que le récit qu'il avait contribué à propager n'était pas si joli que ça. Mais Mao mort, c'était tout de même quelque chose, une page qui se tourne, un membre de la famille qui part. Rien ne serait plus comme avant.

Avec un groupe d'amis, en ce début des années 80, mon père prépare à sa façon l'arrivée de François Mitterrand au pouvoir. Mitterrand n'est pas sa tasse de thé, il est « de droite » dit-on chez nous. Il n'est pas du côté des ouvriers, il entend préserver l'ordre établi. Maman nous explique le faux attentat de l'Observatoire, elle envisage de voter Coluche qui a annoncé son intention d'être candidat. Papa ne veut pas en entendre parler, il trouve ça « complètement débile ». Avec mon frère, nous assistons à leur plus violente dispute. Mon père pense qu'avec la gauche à l'Élysée, tout devient possible, à condition que les révolutionnaires parviennent à faire de l'entrisme. Il y travaille d'arrache-pied avec ses copains de la CFDT dont il a créé la première section au ministère des Finances. Ils imaginent une nouvelle économie où l'on fabriquerait des voitures et de l'électroménager qui pourraient durer des décennies, où le profit et la rentabilité ne seraient plus des objectifs, où l'économie de marché pourrait être remplacée par un système plus juste, plus égalitaire, où la direction des usines serait confiée aux ouvriers, où l'égalité des salaires serait instaurée.

Le soir de la victoire, il y a là, assis sur les banquettes en bois recouvertes de tissus indiens, une dizaine de personnes habillées de blouses ethniques. Les hommes portent barbes et cheveux longs, les femmes des bijoux en abondance. Sur la table basse, des verres et de la nourriture en pagaille. Maman a préparé un gâteau au cas où, comme pour un anniversaire. Par terre, il y a des tambourins africains, des flûtes d'Amérique latine, des instruments à cordes dont je ne connais pas les noms, mais avec lesquels j'aime m'amuser. Mon frère et moi sommes les deux seuls enfants présents. Ma mère, si intraitable sur les horaires du coucher, a fait une exception pour ce moment historique. Nous n'en revenons pas d'être là, vêtus de nos pulls tricotés main, cheveux longs en bataille. Les adultes boivent du vin, certains roulent des joints en attendant le résultat. Il est enfin vingt heures, mais il nous semble que nous nous tortillons depuis des heures devant l'écran de la télévision. Soudain apparaît le visage du vainqueur, un François Mitterrand pixélisé, symbole de la gauche au pouvoir. Il y a des cris qui fusent, des larmes de bonheur, les parents se serrent dans les bras, quelques pas de danse, un bouchon de champagne qui claque dans l'air saturé de fumée. Nous ne sommes pas tout seuls, des clameurs répondent aux nôtres dans la barre HLM, des fenêtres s'ouvrent, on fait des grands signes avec les bras à des gens que l'on ne connaît pas, on est heureux. Une photo en noir et blanc fixe les V de la victoire brandis par nos mains joyeuses. Nous finissons la soirée dans l'effervescence de la place de la Bastille. Je me souviens d'une foule immense, de musique et de chants, de pétards qui éclatent autour de nous et qui me font peur, de papa qui nous porte tour à tour sur les épaules pour que nous puissions « voir quelque chose », même s'il n'y a pas grand-chose à voir, d'une nuit courte et euphorique.

Le retour au collège le lendemain est plus difficile. Ma meilleure amie Sophie me saute au cou, ses parents sont militants du parti socialiste, ils ont tracté toute la campagne aux côtés de Paul Quilès, mais nous sommes du même camp, celui des gagnants. Très vite, nous nous faisons discrètes. D'autres que nous affichent des mines déconfites dans la cour, certains parlent des « rouges » qui vont confisquer tous les biens, d'autres expliquent que leur famille a pris des visas pour les États-Unis et le Canada. Je ne comprends pas de quoi ils parlent.

Il ne m'était pas passé par la tête jusque-là que tout le monde ne partageait pas cette sensation jubilatoire que le pays allait connaître une ère nouvelle pleine de promesses.

Papa aussi déchante. Après la victoire du nouveau président, il a la drôle d'idée, avec quelques copains, de séquestrer le patron de la direction de la prévision à laquelle il est rattaché en tant que haut fonctionnaire. C'est un « salaud » à la solde de Giscard qui leur a fait faire pendant des mois des prévisions économiques catastrophistes reprises par les journaux sur les conséquences d'une arrivée de la gauche au pouvoir. Ah, qu'ils sont contents de leur audace, ces hippies si bavards, les voilà qui tiennent enfin leur revanche ! Ça tombe bien, papa a un contact à l'Élysée. Jean-Louis Bianco, un camarade de promotion de l'ENA, a été nommé secrétaire général au château. Il l'appelle pour lui faire part de son action : « On le tient ! On a repris le ministère. » Au bout du fil, Bianco entre dans une colère froide. « Tu es complètement cinglé, relâchez-le immédiatement. Nous sommes au pouvoir, nous avons une responsabilité historique, le monde entier nous regarde ! Arrêtez immédiatement ! » Le directeur a été relâché, papa est rentré à la maison. Il n'a plus jamais parlé de révolution.

L'élection de François Mitterrand, toi tu t'en fichais complètement. Tu n'avais d'ailleurs probablement pas voté pour lui. Pour le public, tu étais l'incarnation des dérèglements, des excès et de la liberté à outrance. Tu étais tout le contraire. Comme souvent ceux qui ont grandi dans le flou des règles, tu défendais farouchement l'ordre établi. Tu te plaignais de la saleté des rues, tu n'aimais pas les manifestations étudiantes, tu défendais le travail de la police, tu étais volontiers passéiste, tu prônais l'application stricte des lois. En 1968, tu avais défilé sur les Champs-Élysées pour soutenir le général de Gaulle contre la « chienlit » gauchiste. L'influence de mes parents, avec lesquels tu vivais alors était, de ce point de vue, un échec total. Plus tard, tu dressais les louanges du maire de Paris Jacques Chirac. Il est vrai qu'il t'avait trouvé le petit appartement du Palais-Royal quand tu n'avais plus rien. Lorsque nous dînions avec toi, on évitait de parler politique. Après la drogue, ton manque de souplesse s'était accentué. Il n'y avait pas plus sévère que toi pour juger les addictions auxquelles les autres succombaient après toi. Tu revendiquais encore d'appartenir à une génération « rock and roll », mais il y avait des sujets sur lesquels il ne fallait pas déconner.

Nous n'avions rien à dire. Ce n'est pas nous qui t'avons sauvée, Maria. Aucun de ceux qui étaient censés te protéger et veiller sur toi n'a pu, n'a su. Ni tes parents, ni les miens, ni les autres de mes oncles et tantes. Rien n'a marché venant de nous, ni l'affection, ni la parole, ni les admonestations, ni les menaces, ni les internements.

En 1980, pendant que nous préparons l'arrivée de la gauche au pouvoir, tu es à Bruxelles pour tourner quelques scènes d'un film. Un groupe d'étudiants en cinéma a été autorisé à venir sur le plateau. Parmi eux une toute jeune fille ne te quitte pas des yeux. Elle a les mêmes boucles longues et noires que les tiennes. Tu la remarques aussi, mais tu dois repartir, quitter la Belgique pour d'autres aventures. Elle est décidée, elle te suit. Elle est restée à tes côtés jusqu'à ta mort. A. comprend vite que sa vie va changer pour toujours. Pour toi elle quitte son pays, ses amis, abandonne ses études. Tu es dans ta pire période de défonce. Tu te piques jour et nuit. Il t'en faut toujours plus. Tu es dans une course contre la vie et A. tremble de te voir mourir. Elle ne te laisse jamais seule, chasse les dealers autour de toi, te tient la main dans les ambulances qui te conduisent à l'hôpital lorsque tu fais des overdoses. Elle est là, toujours, même lorsque tu la rabroues, quand tu lui hurles de te laisser seule, quand tu la supplies de te foutre la paix. Avec toute l'énergie dont sont capables les femmes amoureuses, elle élabore un plan. La drogue est un monde inconnu pour elle, elle apprend vite. Elle consulte médecins et spécialistes, se renseigne sur les méthodes de sevrage. Elle décide de t'emmener au Brésil, seul pays à l'époque où il semble impossible de se procurer de l'héroïne. Avant le grand départ, vous passez par la Belgique où, contrairement à la France, on peut acheter de la méthadone, ce substitut qui aide à se sevrer. Vous restez plusieurs semaines au Brésil. Je vous imagine, A. qui espère, A. qui s'accroche, A. qui y croit pour deux. Toi qui te tords de douleur sous l'effet du manque, toi qui as l'impression que tu vas crever, toi qui te grattes la peau à la déchirer. Le calme s'installe peu à peu, la vie reprend, les petits plaisirs reviennent. Regarder le soleil se coucher, sentir la chaleur réchauffer le corps, retrouver le goût sucré d'un fruit juteux dans la bouche. A. estime que tu es prête à rentrer, que tu en as fini avec la drogue. Et puis, tu es encore jeune, il faut retrouver le chemin des plateaux, convaincre le milieu du cinéma que l'on peut à nouveau compter sur toi et te faire tourner de grands films. Il y aura des rechutes, elles seront chacune plus douloureuses, mais ton histoire avec l'héroïne touche à sa fin. Tu remplaces la seringue par une consommation de pétards hallucinante. Plus tard ce sera le vin rouge, et les cigarettes, toujours les cigarettes, beaucoup de cigarettes.

Personne ne l'a su, mais vous n'avez jamais rompu le fil Marlon et toi. Tu me l'avais lâché comme s'il s'agissait d'un détail, vous vous écriviez régulièrement. Ces quelques semaines de tournage et cette violence partagée vous avaient liés à vie. Brando le pudique a quitté la France sans dire un mot sur ce film qui lui avait probablement fait autant de mal qu'à toi. Des années après, il déclarait publiquement : « Jamais plus je ne ferai un film comme celui-là. Pour la première fois de ma vie, j'ai ressenti une violation de ma personnalité. » Pas un mot de plus. Le reste, il te l'a dit à toi, la jeune débutante. Entre deux scènes, il te pinçait la joue, « You look like my baby ! » Il se confiait parfois. Ce tournage tombait au pire moment pour lui. S'il ne laissait rien paraître au reste de l'équipe, il était dans un état d'angoisse épouvantable. Sa femme Anna avait enlevé leur fils Christian. Ce fils qui, des années plus tard, sombrera dans la drogue puis trouvera une funeste célébrité en assassinant le petit ami de sa sœur Cheyenne. De cet enlèvement, comme de ses problèmes conjugaux, il ne parlait qu'à toi, le colosse impassible. Sans doute la douleur était-elle trop forte pour la partager avec d'autres. L'impression d'avoir été manipulé par Bertolucci, il l'a éprouvée autant que toi me disais-tu. « Nous avons été mal dans notre peau lui et moi lorsque nous avons vu le film pour la première fois, raconteras-tu dans une interview à *Paris Match* à l'occasion de sa mort en 2004. Pas tant par les scènes physiques que par ce que nous y disions. Bertolucci nous avait fait faire un gros travail d'improvisation, nous obligeant à livrer des souvenirs de nos enfances respectives. Cela s'est révélé être plus impudique que les nudités. Marlon en a été très irrité. Il a eu le sentiment d'être trahi. »

Pendant treize ans, Brando refuse tout contact avec le metteur en scène italien, ne répondant ni à ses appels, ni à ses lettres. Treize années de silence avant de décider de tourner la page. Un jour, il a proposé à Bertolucci de venir le voir à Los Angeles. Les deux hommes se sont expliqués, puis ils ont parlé cinéma. Brando était moins rancunier que toi.

Ta demi-sœur Fiona est hospitalisée à son tour. L'héroïne est partout. Daniel en était accro. On se défonce dans l'appartement bourgeois du grand acteur. Sur une photo en noir et blanc qu'elle a conservée comme un trophée, Fiona est assise sur les genoux de son père. Gélin porte beau, crinière grise sur sourcils encore noirs, veste à rayures sur chemise blanche à la manière des parrains. Fiona a encore les pommettes arrondies de l'enfance. Elle pense toucher les étoiles ce jour-là. Elle est entrée dans le cercle des monstres sacrés. Elle vient de tourner dans *Le Grand Carnaval* d'Alexandre Arcady, aux côtés de Philippe Noiret. Le cliché est pris à l'occasion d'une fête en l'honneur du film. Le père et la fille fixent l'objectif. Fiona porte une robe bustier noire en tissu transparent. En dessous des seins, se dessine nettement un rectangle blanc. Certains pensent qu'elle a oublié d'enlever une étiquette. « C'était un sachet d'héro ! » m'avouera-t-elle, en pouffant comme une gamine qui n'a pas voulu grandir.

Quelques années plus tard, la voilà elle aussi à Sainte-Anne. L'infirmière qui la soigne lui dit : « Vous savez que vous occupez la même chambre que votre sœur ? »

Je me suis longtemps méfiée des acteurs. Ils me faisaient peur, avec leurs béances, leur narcissisme à fleur de peau, les violences qu'ils s'infligent, la hantise de vieillir, les hauts et les bas des carrières, la casse inouïe d'un système où l'on vous porte aux nues et vous oublie aussi vite, la cruauté de vivre sans cesse dans le désir de l'autre, le réalisateur, le producteur, le spectateur. « Les acteurs sont des enfants perdus », m'a dit un jour mon amie Laure qui sait de quoi elle parle – elle avait déjà reçu un César lorsque nous nous sommes rencontrées au lycée à l'âge de dix-sept ans. Nicole Garcia, à qui l'on demandait un jour pourquoi elle était devenue actrice, avait répondu : « Pour un regard qui m'a manqué. » Toi Maria, tu as manqué de tous les regards, de tous les égards, ceux de ton père absent, ceux de ta mère si mal aimante. Tu ne pouvais que devenir comédienne. Il y a quelques années, j'ai réalisé qu'un grand nombre de mes amis appartiennent à ce qu'on appelle « le monde du cinéma ». Si je les ai choisis, c'est peut-être pour me rapprocher de toi et aussi parce que rien ne m'émeut davantage que les enfants perdus.

Le 3 novembre 1978, *Paris Match* titre avec dix ans de retard : « Maria Schneider a retrouvé son père. » Quelques mois auparavant, l'hebdomadaire s'était régalé de la voir perdue dans la campagne scandinave, sauvageonne et droguée. Cette fois, il met en scène une réconciliation inventée entre père et fille sur deux pages. Maria fait encore vendre. La couverture du magazine est consacrée au nouveau pape « Jean-Paul II, son intronisation, son album de famille ». Les « gens » dont parle *Match* cette semaine-là sont Sylvester Stallone, « qui soulève chaque jour trente tonnes de fonte pour être le plus grand », Gainsbourg et Birkin, Ornella Muti et Simone Veil, chignon impeccable et tailleur strict, qui félicite le chanteur Guy Béart. Plus loin, un reportage est consacré à Patty Hearst, la petite-fille du milliardaire enlevée par un groupe terroriste dont elle a épousé la cause. Elle est rentrée dans le rang et s'apprête à se marier avec le policier chargé de sa protection. Tout se finit bien. Entre une publicité pour le Betamax, l'ancêtre du magnétoscope, et une autre pour l'eau de Vittel, les pages Mode célèbrent avec délectation « le retour de la jambe », les « jupes fendues » et les « talons de 12 ». C'est « la redécouverte de la partie la plus sexy du corps féminin, après les avoir cachées pendant longtemps sous des bottes et des jupes longues », se félicite le chroniqueur.

Maria ne semble pas avoir compris que les canons de la mode ont changé. Sur les clichés qui illustrent l'article, elle porte des fringues de fripes, chemises d'homme pas repassées, blouson en jeans à la propreté douteuse, jupe indienne à fleurs tombant sur des sabots de bois. Ses cheveux n'ont pas été peignés depuis longtemps ; sur l'une des photos, on devine une tentative maladroite de dreadlocks. Par charité, nous passerons sur l'article du journaliste qui se trompe à peu près sur tout comme le prénom de sa mère. Il n'hésite pas, en revanche, sur les figures de style, Maria « tourne des films, mais elle tourne mal ». Sur la page de gauche, père et fille posent ensemble. « La photo la plus attendrissante de l'année. » Daniel, séducteur en diable, sourcils broussailleux et tignasse crantée en arrière qu'il a eu le bon goût de ne pas teindre, porte un épais col roulé de laine. Cette fois, c'est lui qui a l'air triste, il ne parvient pas à jouer la comédie du bonheur. À la demande de l'hebdomadaire, il est venu rejoindre Maria sur le tournage d'*Une femme comme Eva*, film qui sera vite oublié. Au premier regard, il a compris dans quel état elle est. Ses doigts à la peau tachée se referment comme des serres sur la veste à rayures de sa fille, comme pour l'empêcher de s'envoler. Maria a vingt-six ans, elle a l'air d'en avoir dix de plus, le poison de l'héroïne a déjà fait son œuvre. Ses yeux sont cernés, ils regardent l'objectif sans vraiment le voir. Sur un autre cliché, Gélin semble avoir repris son rôle de patriarche comblé. Chemise déboutonnée sur torse imberbe, il enlace sa nouvelle épouse du bras droit (« qui a le même âge que Maria », précise élégamment le journal) et sa fille aînée du bras gauche. Maria plane. À ses côtés, tête baissée contre la sienne, Fiona fait la moue.

Chaque fois que j'essaye de ne plus penser à toi, tu me rattrapes. J'ai commencé à écrire sur nous, j'arrête et je reprends, comme une marche chaotique sur un sentier escarpé. Impossible de faire demi-tour. Cet été-là, alors que je t'ai laissée de côté, le journal m'envoie en reportage à New York. Je suis chargée de raconter la vie de Patti Smith au Chelsea Hotel, ce lieu mythique où tout a commencé pour elle, son premier grand amour avec le photographe Robert Mapplethorpe, ce tournant des années 70 où la jeune fille a laissé place à l'artiste. Je ne connais pas particulièrement l'œuvre de Patti Smith, si ce n'est quelques morceaux devenus cultes et le sublime *Just Kids* qui raconte ces années-là. La chanteuse refuse de me parler du Chelsea, elle est en tournée, elle est épuisée. Elle estime avoir tout dit dans son livre. À défaut de pouvoir m'entretenir avec elle, j'épluche la documentation la concernant. Au détour d'une interview à propos de son dernier album *Banga*, je découvre qu'elle a composé pour toi un poème chanté, un adieu doux et mélancolique avec des riffs de guitare que tu aurais adorés. La chanson s'appelle *Maria*, simplement *Maria*. Patti Smith l'a écrite au lendemain de ta mort. Vous vous étiez rencontrées en ce mitan des années 70, en Californie où tu étais allée chercher le silence, la chaleur du désert, la bohème hippie, le cotonneux de la drogue aussi. C'était après le *Tango*, après le scandale, après la désintégration intime de tes espoirs de bonheur. « Je t'ai connue, nous étions jeunes, je t'ai connue, nous étions jeunes », fredonne Patti Smith de façon lancinante. Tu es pour elle « une étoile tremblante, douce et sans pudeur (...) aux confins du monde dans la chaleur du désert (...) là, tu n'étais personne (...) nous nous mirions crues, vibrantes (...) nous ne savions rien de la fragilité de nos jeunes pouvoirs, de tout ce vide (...) sauvages, sauvages les cheveux, si tristes les yeux, chemise blanche et cravate noire, tu étais à moi ».

Je ne t'ai jamais entendue parler de Patti Smith, son nom n'a jamais été évoqué dans la famille. Peut-être avais-tu préféré garder cette rencontre pour toi, peut-être t'avait-elle moins marquée que la chanteuse à la voix caverneuse. Cela fait partie des mystères que tu auras emportés.

La photo date du 19 octobre 2002, le jour du mariage de ta demi-sœur Fiona. Votre père, Daniel, est resté dans la voiture. Chevelure blanche, écharpe assortie, il arbore son sourire d'éternel charmeur. Il vient de sortir de l'hôpital pour marier sa fille. Il est épuisé, il mourra un mois plus tard. À côté, Fiona, en robe brodée de dentelles de Calais, rayonne. Debout sur un trottoir parisien, elle t'enveloppe de son bras droit. Tu esquisses un sourire. Tes joues sont encore rondes et tes cheveux longs, comme avant la maladie. Je perçois dans ton regard une pointe d'inquiétude, tu as l'air de te demander ce que tu fais là. Tu le sais pourtant, tu joues à avoir une famille. À gauche de la mariée, votre frère se hisse sur la pointe des pieds pour exister entre toutes ces femmes. À droite, leur mère Sylvie Hirsch, ancien mannequin aux courbes alourdies par les années. Le mari de Fiona ne figure pas sur le cliché. De toute façon, il ne l'a pas été longtemps.

Tu avais croisé Fiona quelque temps auparavant sur un quai de métro. Cela faisait des années que vous ne vous étiez pas vues. Elle avait insisté pour prendre ton numéro de téléphone et ne t'avait plus lâchée. Tu m'en parlais de temps en temps. Elle te faisait de la peine. C'était toi en pire, disais-tu. Tu avais tourné avec les plus grands metteurs en scène, joué avec des acteurs mythiques, elle n'avait guère quitté les pages de *Playboy* et les rubriques people. Tu ressentais néanmoins une réelle tendresse pour elle. Vous aviez partagé le même père et les tourments qu'il drainait derrière lui. Vous aviez en commun votre parrain de cinéma, Alain Delon. Il t'avait imposée pour une courte apparition dans *Madly* ; des années plus tard, il faisait tourner Fiona dans *Parole de flic* de José Pinheiro. En 1985, elle posait quasi nue dans ses bras pour la promotion du film en couverture de *Elle*.

Fiona passait par les chemins sur lesquels tu avais titubé, drogue, alcool, internement. Cette répétition du tragique la faisait rire. Elle en retirait même une forme de fierté. Elle marchait sur tes pas. Toi, tu ne trouvais pas ça drôle. Tu t'en étais sortie, elle pas encore.

J'ai longtemps hésité à rencontrer Fiona. Je ne l'avais croisée qu'une fois, lors de tes funérailles, je savais qu'elle n'allait pas très bien. C'est le hasard, encore une fois, qui me ramène vers toi. J'apprends au détour d'une conversation avec son attaché de presse qu'elle vient d'écrire un livre. Elle y parle de toi. Je lui propose un rendez-vous. Son appartement est situé dans un quartier agréable du nord de Paris où les jeunes couples branchés remplacent à grande vitesse les familles désargentées contraintes de quitter la capitale, où les épiciers arabes ferment au profit de commerces bio et de restaurants vegan, où des poussettes hors de prix conduites par des barbus à lunettes over size chassent les personnes âgées des trottoirs trop étroits.

Son logement est situé au rez-de-chaussée. Il est encombré comme l'était le tien de trop d'objets, trop de meubles, trop de tissus et de rideaux, trop de souvenirs. Je lui ai apporté des fleurs qu'elle met joyeusement dans un vase et des sucreries qu'elle pose sur une table. Elle m'offre un thé, une cigarette, son timbre est rauque comme le tien, celui des femmes qui ont fumé plus que de raison et ont passé des nuits entières à essayer de couvrir de leur voix les décibels sortis des baffles des boîtes de nuit. Elle veut tout me dire, tout me raconter, rattraper le temps, faire de ces retrouvailles une fête. Elle déniche des photos d'elle, les étale par terre. Elle a dix-huit, vingt, trente, quarante ans, elle veut me montrer à quel point elle a été belle, désirable, désirée. Elle retrouve la une de *Playboy* et les séries de nus que Mireille Darc a réalisées d'elle. J'oublie celle qu'elle est devenue, les cicatrices du temps sur la peau, les marques des excès sur les chairs, la mémoire qui se trouble. Elle râle en riant des kilos pris, énumère la liste des hommes de sa vie. Comme toi, elle veut garder la tête haute, parle de projets qui ne se feront sans doute jamais, ne peut pas envisager que sa carrière d'actrice soit derrière elle. Comme toi aussi, elle ne cache rien de ses problèmes de santé et d'argent. Que ferait-elle, avoue-t-elle, si son ancien compagnon, le couturier Daniel Hechter, ne se chargeait pas de son loyer ?

Ce jour-là, elle est très excitée. TF1 va lui consacrer un reportage. Elle en est si heureuse que je n'ose la mettre en garde : ce qui intéresse la chaîne est à l'évidence le récit de la chute d'une gloire éphémère. Elle s'en doute probablement, mais l'attrait d'un passage télévisé est plus puissant que ce qui sera dit d'elle. La chaîne lui a demandé de se filmer dans son quotidien à l'aide de son portable, elle lui a fourni un bras télescopique qu'elle a du mal à utiliser. Ça l'amuse. Il y a quelque chose d'enfantin chez elle, petite fille fragile qui reconnaît avoir mis les siens en colère avec son livre. Il n'est pas encore en librairie, mais elle a tenu à le leur envoyer en avance. Elle en est tellement fière. Elle s'imagine revenir dans les pages des magazines, gagner beaucoup d'argent, décrocher à nouveau des rôles au théâtre ou au cinéma. Le précédent s'est très bien vendu, m'assure-t-elle.

Quelque chose la tracasse néanmoins, son frère et sa belle-mère lui reprochent d'avoir travesti des épisodes de sa vie. Elle s'en défend, « ce sont eux qui se trompent ». Je tente de la rassurer, lui dis que la mémoire est fragile, parcellaire, personnelle, que chacun se souvient de ce dont il a envie, ou de ce qu'il a pu retenir du temps qui s'est écoulé. J'ajoute qu'il n'y a pas de vérité unique, que le droit au récit est une liberté absolue. Je sais que je me parle à moi-même, comme pour éloigner ce malaise qui me poursuit en écrivant sur toi. Je tente de me prémunir des critiques inévitables, celles de tous ceux qui t'ont croisée et ne te reconnaîtront pas dans le tableau que je brosse, celles des derniers de notre famille qui s'interrogeront sur ma légitimité à te réinventer.

Fiona ne veut plus me laisser partir. Elle tourne en rond dans son petit deux-pièces, farfouille dans les placards et les étagères à la recherche de ton passé et surtout du sien. Elle s'obstine à retrouver des clichés perdus, met la main sur une affiche immense de toi qu'elle se souvient avoir arrachée une nuit sur une colonne Morris. Elle la déroule sur le sol, s'assoit dessus et prend la pose. Elle me demande de la photographier ainsi. Elle mélange les dates et les noms, les phrases se bousculent tant que j'ai du mal à suivre le fil de ses réminiscences. Son père, sa mère, ses belles-mères, son fils, ses hospitalisations, ses amis, ses amants, ses frasques et ses rôles, toi, A., ses frères, la Corse et Cannes, Paris et Oléron, les faits, les lieux et les prénoms se fondent dans un monologue embrouillé. Très vite, je me sens oppressée dans cet appartement qui me rappelle tant le malheur et le dénuement qui frappent les femmes de notre famille. Je profite d'une éclaircie dans cette journée pluvieuse pour lui proposer un tour. Elle me confie avoir faim, il y a un restaurant sympa dans son quartier. Elle me présente aux commerçants qu'elle connaît. Je suis rassurée de la savoir entourée. Elle commande plusieurs plats qu'elle avale avec appétit.

Après le déjeuner, je me sens prise d'une fatigue extrême. Fiona veut parler encore, marcher encore, avec son chien au bout de la laisse. Je n'en peux plus, je suis vidée. Je hèle un taxi au lieu de prendre le métro. Arrivée à la maison, je m'écroule sur mon lit et je dors trois longues heures.

Tu n'as pas eu d'enfants. Ils ne t'intéressaient pas. Tu faisais mine d'écouter lorsque je te parlais des miens ou lorsque A. racontait les dernières facéties de ses neveux, mais je n'y voyais que de la politesse. Tu n'as jamais voulu être mère, jusqu'à la fin tu es restée une petite fille en colère. La seule fois où je t'ai aperçue t'occuper d'un enfant, c'était à l'écran. Tu avais décroché le premier rôle dans *La Baby-Sitter* de René Clément. Tout le monde a oublié ça, aussi, que tu avais tourné dans le dernier film de René Clément, le réalisateur de *La Bataille du rail*, de *Jeux interdits* et du brûlant *Plein Soleil*. Le *Tango* a dévoré le reste de ta filmographie. Depuis la fin des années 60, Clément, il est vrai, n'intéressait plus guère les critiques et le public. Dans *La Baby-Sitter*, sorti en 1975, un thriller bancal qui n'a pas connu le succès, tu es Michelle, jeune étudiante à Rome qui garde un enfant la nuit pour gagner sa vie. Elle est enlevée avec le garçon dans une grande maison bourgeoise.

Dès le premier plan, avant même le générique, ta beauté sature la pellicule. Tu es assise derrière un bureau, vêtue d'une blouse rouge et de pantalons blancs, tes boucles forment une parure harmonieuse sur tes épaules. Je ne t'ai jamais vue aussi élégante dans un film. Dans un autre plan, tu te promènes avec un pull marron, une jupe bordeaux sous un manteau rouge, tu tiens un panier en osier à la main. Clément capte ton sourire et la lumière de ta peau quand les autres se nourrissent de ta noirceur. Ce long-métrage n'est pas ton plus grand film, il ne dégage pas l'intensité de *Profession : reporter*, mais c'est étrangement celui qui m'a le plus touchée. En dehors de l'abracadabrante histoire d'enlèvement, *La Baby-Sitter* raconte autre chose, une amitié à la fois distante, étrange et profonde entre deux colocataires. Tu as pour partenaire Robert Vaughn, l'acteur abonné aux rôles de méchants et révélé par *Les Sept Mercenaires*, ainsi que la blonde américaine Sydne Rome qui se reconvertira plus tard en professeur d'aérobic à Berlin. Ann (Sydne) et Michelle (toi) partagent le même appartement. Michelle étudie l'architecture, Ann est apprentie comédienne. Comment ne pas voir dans sa mésaventure cinématographique un clin d'œil appuyé à ce que tu as vécu avec le *Tango* ? Ann est embauchée sur un tournage, cette nouvelle la réjouit. Depuis quelques mois elle ne peut plus payer sa part du loyer. On la retrouve sur un plateau face à son partenaire masculin pour une scène qui dégénère en relation sexuelle imposée. Le metteur en scène exige qu'elle se déshabille. Elle ne veut pas. « Si tu refuses ce rôle, c'est foutu. Tu pourras recommencer ta carrière à zéro », menace alors l'acteur. Les deux hommes se liguent pour la soumettre. Ann quitte le plateau en hurlant : « Cette scène n'était pas dans le script ! – Pour qui tu te prends ? Tu crois qu'on t'a prise pour ton esprit ? » lui balance le réalisateur avec mépris. Ann finit suicidée. Michelle la retrouve nue dans son bain, poignets ouverts, dans une eau rouge sang.

Il y a des femmes au nez trop grand, des femmes défigurées par les coups, des femmes dont le rouge à lèvres bave sur le menton et le Rimmel coule sous les yeux, des femmes nues, tatouées, au regard triste, des femmes qui rient et se regardent dans des miroirs piquetés, des femmes habillées en pute, le regard défoncé, des femmes qui fument, des femmes sous la douche ou alanguies sur des matelas tachés, des femmes qui dansent, qui baisent, qui pleurent, qui se masturbent. Des femmes au ventre rond, des femmes qui se marient. Des femmes qui aiment les femmes, des femmes qui aiment les hommes. Il y a des hommes aussi, des hommes qui prennent des femmes, des hommes qui ressemblent à des cadavres sur des draps froissés après l'amour, des hommes qui se piquent à l'héroïne, des hommes beaux aux dents pourries par la dope, des hommes qui boivent, des hommes sous ecstasy, des hommes malades du sida, des hommes qui pissent dans des chiottes cradingues, des hommes qui éjaculent, certains qui rigolent, d'autres dont le regard mélancolique s'échappe au travers de vitres embuées. Des hommes qui aiment les femmes, des hommes qui aiment les hommes.

Il y a là sept cents diapositives prises par la photographe Nan Goldin comme un journal de bord écrit par ceux qui posent pour elle depuis les années 70, des inconnus, beaucoup de proches, des personnages récurrents. Décennies d'errance et de moments d'accalmie entre Berlin, Mexico, Boston, New York, Paris. Images de rue et de fêtes, de chambres d'hôtel sommaires et de salles de bains insalubres. L'artiste a réuni cette sélection de clichés sous le titre *The Ballad of Sexual Dependency*. Car c'est bien la dépendance qui fait le lien entre toutes ces prises de vue qui défilent sur une bande-son enivrante, mêlant le Velvet Underground, *Carmen* de Bizet, Jimmy Somerville, *I Put a Spell on You*, écrit en 1956 par Screamin' Jay Hawkins. Dépendance au sexe, mais aussi à l'autre, à l'amour, à la violence, à l'alcool, à la drogue, au malheur, aux sensations fortes. L'exposition a lieu l'hiver 2017 au MoMA de New York. Dans une première salle, quelques photographies, des affiches des précédentes expositions. Je m'installe dans la salle noire où est projeté le film. Entre deux corps et deux visages abîmés, une photo de toi me saute au visage. La Callas, dont tu portes le prénom, entonne « l'amour est enfant de Bohême ». Tu adorais l'opéra. Je ne suis pas convaincue, en revanche, que tu aurais aimé figurer dans cette galerie de personnages perdus.

Nan Goldin et toi étiez amies depuis dix ans. En 2001 le magazine *Vogue* lui avait proposé de faire une série de portraits publiée sous le nom de « strip project ». Elle t'avait choisie, parmi d'autres femmes qu'elle souhaitait mettre en lumière. Toi qui refusais toutes les photos, tu avais accepté dès la première rencontre. Elle avait su s'y prendre, jamais elle ne t'aurait demandé de te déboutonner. Tu n'as pas regretté la séance de pose. Le cliché ressemble à un tableau Renaissance. Tu portes une chemise en soie noire, une paire de jeans toujours, de longues boucles d'oreilles se mêlent à ta chevelure brillante qui dégringole jusqu'en bas du dos. Tu n'as jamais eu les cheveux aussi longs qu'à cette période-là. Un éventail andalou est posé sur ta cuisse. Des rideaux à motifs, un autre pourpre, des étoffes variées encadrent le canapé sur lequel tu te tiens si droite. La photo de toi qui figure dans *The Ballad of Sexual Dependency* fait partie de la même série. Sur les autres pages du magazine, on retrouve Maggie Cheung, Maria de Medeiros, Joana Preiss et Dominique Sanda.

Nan Goldin et toi ne vous quittez plus après l'expérience *Vogue*. A. s'occupe un temps de son studio photo, vous dînez régulièrement ensemble. Je vous imagine discuter de cinéma, de vos vies sans tabou, de l'Amérique, de la drogue, des effets comparés de la méthadone et de l'herbe pour décrocher de l'héroïne, de bisexualité, des nombreuses fêtes qui ont rythmé vos vies, de ces années où vous étiez si loin et si proches à la fois, de ces décennies sans se croiser. De sujets plus douloureux peut-être, des drames vécus en parallèle dans l'ignorance l'une de l'autre, le suicide de sa sœur, le suicide de ton frère, votre danse commune autour de la mort, la vie sur le fil. De rien de tout cela, sans doute.

Je suis enfant et Jean est à la maison. Jean passe de temps en temps à la maison. Il a vingt ans de plus que papa, il est le plus grand des frères, c'est un vrai Schneider, lui. On l'appelle « Jeannot ». Il est l'aîné de la famille, ma grand-mère l'adorait. Jean affiche son homosexualité comme peu de gens le font à l'époque. Il raconte ses aventures avec des détails qui nous gênent, les hommes qu'il ramasse à la pelle dans les bateaux de croisière où il officie comme steward, à l'Opéra de Paris où il revêt un costume de pompier obtenu par une connaissance, son premier amant pendant la guerre, un soldat allemand qui occupait le domaine familial, le second, un Américain à la Libération. Jean dit tellement de choses que l'on se demande si tout est vrai, et en même temps on se convainc qu'il ne peut inventer tout ça. Quand il parle, papa et maman sont mal à l'aise, on ne sait jamais ce qui va sortir de sa bouche. Dans ces moments-là, ils ont toujours quelque chose d'urgent à faire, le café à aller chercher dans la cuisine, un reste de vaisselle à nettoyer. Mais on ne peut pas échapper aux récits de Jean, ils vous suivent de pièce en pièce, ne vous lâchent jamais. Il y en a un particulièrement dont il ne se lasse pas. Il le répète chaque fois qu'il peut, sur un ton badin et rigolard. « C'est drôle quand on y pense, j'ai couché avec Brando vingt ans avant que Maria ne fasse le *Tango* ! » Il parle de ces années d'après-guerre où il avait décidé de partir pour New York. Il quittait la famille, il allait faire fortune en Amérique, promettait-il alors. Le jour où ses frères et sœurs le reverraient, ce serait les bras chargés d'or. L'aventure ne s'était pas déroulée comme il l'avait souhaité. Personne n'attendait Jean en Amérique sauf quelques homos en quête de chair fraîche sur les docks malfamés. C'est là, jurait-il, qu'il avait rencontré Brando. Il n'était pas encore acteur, il tapinait comme lui sur les quais de Manhattan. J'écoute l'histoire, à peine surprise. Je ne suis encore qu'une enfant, mais plus grand-chose ne m'étonne concernant la famille. Parfois, je me demande si Jean a raconté ça devant toi, Maria. Probablement oui. Rien ne t'aura été épargné.

Tu n'aimes pas voir Jean. Personne n'aime voir Jean à part notre grand-mère. Jean parle fort, il nous jette son exubérance à la figure. Il attire l'attention sur nous, il nous fait honte. Quand il est à la maison, il fait tant de bruit, il prend tant de place que l'on craint que les voisins ne l'entendent à travers les murs. Parfois, il sort sans prévenir et revient triomphant une demi-heure plus tard. Il vient de se taper un mec dans la pissotière située en bas de chez nous, sous le métro aérien. Il le dit comme ça, comme s'il annonçait qu'il venait d'acheter une baguette. Ma mère s'arrange pour quitter la pièce, mon père est en rogne. Non pas parce que son frère évoque ses coucheries devant ses petits, chez nous, il n'y a pas de sujets tabous, il ne faut rien cacher aux enfants, c'est Françoise Dolto qui l'a dit. Papa s'emporte parce que, quand même, il n'a pas à faire ça devant chez nous, pas dans notre quartier où les gens nous connaissent, qu'il aille baiser ailleurs, c'est dégueulasse les pissotières. Papa est en colère, il ne veut pas savoir ça, il ne veut pas que son frère lui parle de ça. Jean vient de moins en moins à la maison, puis plus du tout. Papa ne veut plus le voir, papa ne peut plus le voir. C'est trop pour lui. Il l'appelle de temps en temps, plus régulièrement depuis qu'il est malade d'alcool. À chaque fois, il raccroche en soupirant, l'air à la fois furieux et triste. Quand sera-t-il débarrassé de toute cette folie ?

Je suis partie depuis longtemps de la maison et mon père me prévient, « Jeannot est mort ». Jean est descendu au petit matin boire son pastis dans le bistrot en bas de chez lui, celui où il avait ses habitudes. Un pastis, un seul, a plus tard juré le serveur au médecin du Samu qui l'interrogeait. Un pastis et il est tombé raide sur le carrelage la dernière gorgée à peine avalée. Il avait huit grammes d'alcool dans le sang. J'ai expliqué à papa que ce n'était pas possible une dose aussi importante, cela n'existait pas, ils avaient dû se tromper. Pourtant, c'était bien le chiffre certifié par l'hôpital. Dans ma famille, on ne fait pas les choses à moitié. Quand on boit, on meurt à huit grammes.

Les dernières années, tu venais au Noël roumain, ce dîner inventé par mon père et mon oncle où ce qui restait de la famille se réunissait tour à tour chez mes parents ou chez les George. De roumain, ce repas de Noël ne portait que le nom. Personne ne savait cuisiner les plats de ce pays que nous étions si peu à avoir visité. Il n'était pas non plus vraiment « de Noël », car il avait généralement lieu fin janvier, le temps pour chacun d'accorder ses agendas. C'était une façon de signifier que nous étions, ne serait-ce qu'une fois l'an, une famille à peu près comme les autres. Tu préférais quand le Noël roumain se déroulait chez les George. Chez papa, tu n'étais pas très à l'aise, même si le champagne et le vin rouge que nous buvions tous abondamment ces soirs-là, te détendaient un peu. Tu n'étais pas encore malade et pourtant tu cherchais à retisser les liens familiaux. Tu avais proposé que l'on organise des dîners entre cousines. Je m'étais chargée du premier. Nous étions quatre autour de la table, dans ce petit appartement de la rue Martel que j'aimais tant et que j'occupais alors. Je me souviens avoir préparé un velouté de châtaignes qui m'avait donné beaucoup de mal. Nous avions beaucoup bu, énormément ri, nous nous étions quittées en nous promettant de remettre ça vite. La maladie est arrivée, il n'a plus été question des dîners de cousines.

Quelques mois avant ta mort, tu répétais « il faut que je voie ma mère ». Pas « j'ai envie », mais « il faut ». Tu le disais de plus en plus souvent, et cette perspective semblait te plonger dans une angoisse terrible. Lorsque tu lui avais annoncé ton cancer, elle avait poussé un soupir si fort que tu en avais entendu le souffle dans le combiné, « tu me causes tellement de soucis ». Malgré tout, tu ne voulais pas partir sans l'avoir revue. Tu repoussais sans cesse ton séjour à Nice où elle vivait désormais. Tu évoquais le manque de temps, l'épuisement causé par les traitements, ta peur panique de l'avion comme lorsqu'elle habitait à Tahiti où tu n'étais finalement jamais allée lui rendre visite. « Vingt heures de vol sans fumer, tu te rends compte, ce n'est pas possible, je n'y arriverai jamais », glissais-tu alors. Et pour couper court à la discussion, tu balançais : « Il paraît qu'il n'y a rien à faire en Polynésie, je ne vais pas traverser la planète pour me retrouver coincée dans ce trou. » Là c'était différent, Nice était plus près que Papeete et tu allais mourir. Tu as fait le voyage. C'est « Brigitte » qui te l'avait offert, tu ne pouvais pas te payer le billet d'avion. Je ne sais pas ce qui s'est passé là-bas. Tu es revenue quelques jours plus tard, triste comme une enfant qui n'a pas eu son câlin du soir.

Maman m'appelle. Jacques Rivette est mort. Elle est très émue. Elle l'a connu du temps des *Cahiers du cinéma* lorsqu'elle passait sa vie dans les salles. Elle l'avait croisé à nouveau avec toi. Tu avais pour Rivette une tendresse profonde et il te la rendait bien. Tu avais joué en 1981 dans *Merry-Go-Round*, un thriller dont le point de départ est la rencontre de deux jeunes gens convoqués dans un hôtel de Roissy par une femme qui a disparu. À l'époque, ta réputation était si sulfureuse qu'aucun grand du cinéma ne voulait prendre le risque de miser sur toi. Privilège rare, Rivette t'avait proposé de choisir toi-même les acteurs avec lesquels tu travaillerais. Tu avais exigé la présence au casting de l'icône warholienne Joe Dallesandro. Maurice Garrel et Frédéric Mitterrand figurent également au générique. Le réalisateur s'était démené pour te mettre en confiance. Tu n'as jamais oublié ce geste rare et élégant.

Rivette était là pour ta remise de décoration, quelques mois avant ta mort. Invité par Bulle Ogier, célébrée en même temps, il faisait d'une pierre deux coups. La cérémonie s'est déroulée dans le salon de réception du ministère de la Culture, rue de Valois, une vaste pièce rectangulaire aux lustres imposants, aux tentures bleu et or et aux boiseries délicates donnant sur le jardin du Palais-Royal. Frédéric Mitterrand, le ministre de l'époque, te savait très malade. Il avait souhaité t'élever au rang de chevalier des Arts et Lettres. Tu n'as jamais couru après les distinctions, mais celle-ci te procurait une satisfaction particulière. À lui aussi. T'honorer était une façon de se faire pardonner de t'avoir laissée seule dans cette rue pluvieuse à la sortie de l'Olympic, quand tout allait si mal. « As-tu deviné que c'est ce souvenir triste de notre première rencontre qui m'a conduit à me comporter ensuite à ton égard comme j'aurais dû le faire ce jour-là ? écrira-t-il. Plus tard, bien trop tard. » Non, ce n'était pas trop tard. Il n'est jamais trop tard pour dire aux gens qu'on les aime.

Tu étais sortie avec difficulté de ton appartement, tant les forces te manquaient. Tes cheveux étaient coupés au carré, tu avais dû en sacrifier une partie et tu ne pouvais plus les teindre. Leur blancheur m'avait procuré une peine inouïe lorsque je l'avais vue la première fois. Tu portais ce jour-là une veste bleu clair sur un jean, tu avais noirci le contour de tes yeux et passé du rouge sur tes lèvres. Ta maigreur était extrême, tu peinais à tenir debout et à fixer ton attention sur les compliments de ceux qui se succédaient autour de toi. Pendant le discours du ministre, tu avais dû rester assise. La chaleur écrasante te faisait particulièrement souffrir, tu cherchais vainement un peu d'air à l'aide d'un éventail. Depuis quelques années, tu ne te déplaçais plus sans un éventail. Tu t'es pliée au jeu des photos et tu as souri.

Tu es repartie dans la foule, touchant avec des gestes mécaniques la médaille accrochée au revers de ton veston, comme si tu avais du mal à croire qu'elle t'appartienne vraiment. Tu étais enfin récompensée, reconnue comme une actrice qui a compté. Tu n'avais pas traversé la vie pour rien. Tu pouvais désormais la quitter.

Bernardo Bertolucci a fini par s'excuser. C'était trop tard, pour le coup. Tu n'étais plus là pour l'entendre. Interrogé par la presse italienne au lendemain de ta mort, il a esquissé une confession tardive. « Maria m'accusait d'avoir volé sa jeunesse et aujourd'hui seulement je me demande si ce n'était pas en partie vrai. En réalité, elle était trop jeune pour pouvoir supporter l'impact qu'a eu l'imprévisible et brutal succès du film. » Il aurait pu s'arrêter là, mais il appartient visiblement à cette catégorie de gens qui ne peuvent s'empêcher d'en rajouter, de toujours trop en faire. « Sa mort est arrivée trop tôt. Avant que je puisse l'embrasser tendrement, lui dire que je me sentais liée à elle comme au premier jour, et, au moins pour une fois, lui demander pardon. » Tu n'aurais pas voulu de ses excuses. Encore moins de ses baisers.

Tu n'as jamais revu ton bourreau, sauf une fois, des années plus tard, à l'occasion d'un festival de cinéma au Japon. Tu ne savais pas qu'il s'y trouvait aussi. Tu sortais d'une salle de projection et tu t'étais retrouvée nez à nez avec lui. Il semblait très gêné. Quelqu'un a fait mine de vous présenter comme si, avec le temps, vous ne vous étiez pas reconnus. Il a tenté un « bonjour ». Tu lui as répondu comme une gifle : « Je ne connais pas cet homme. » La réplique prononcée par Jeanne, ton personnage, après avoir tué Paul-Marlon à la fin du *Tango*.

Tu me poursuis encore et toujours, Maria. Les hasards de la vie m'entraînent sans cesse vers toi, me poussent à recueillir des informations quand je me suis juré de ne pas enquêter, de laisser l'imaginaire prendre le pas sur les faits. En cette fin d'octobre 2015, je déjeune dans un restaurant japonais du 6e arrondissement de Paris. La nourriture y est raffinée, la décoration sommaire, les prix exorbitants. J'entame la conversation avec mon interlocuteur, lorsque je l'aperçois, silhouette maigre et longue chevelure blanche. Patti Smith déjeune à deux tables de la mienne avec son agent. Elle parle à voix basse, boit une soupe, picore quelques morceaux de poisson cru. Je n'ai plus qu'une idée en tête, lui parler. Elle a presque achevé son repas, je n'ai pas encore commandé le mien. Elle va partir sans que j'aie pu lui adresser la parole, cette femme à qui j'ai soudainement envie de poser tant de questions. L'homme qui l'accompagne monte à l'étage pour se rendre aux toilettes. Je le poursuis comme une groupie pathétique et l'attends derrière la porte. Lorsqu'il ressort, je me présente, mes mots s'emmêlent. Je suis la cousine de Maria, j'ai écouté la chanson, j'aimerais échanger quelques mots avec Patti Smith. Il a l'air ennuyé, je tombe mal, elle arrive tout juste de Londres, elle est très fatiguée, elle doit se produire sur scène le lendemain, il va voir ce qu'il peut faire. Un quart d'heure plus tard, je lève la tête, elle se tient debout devant moi. Je suis pétrifiée, c'est pourtant elle qui me tend timidement la main. Je me lève pour lui faire face. Elle esquisse un sourire sous un épais duvet blanc qui témoigne de son âge et du peu de cas qu'elle fait de son apparence. Tout est écrit dans sa chanson, m'assure-t-elle. Elle ajoute que la mort de Maria l'a bouleversée, elle n'a rien de plus à dire. « Vous souvenez-vous de la date et du lieu de votre rencontre ? » Elle répond avec une rapidité qui me surprend, comme si j'évoquais un événement qui avait eu lieu la veille. « C'était à Los Angeles, en 1973. »

Le lendemain, sur la scène de l'Olympia, devant des fans qui ont acheté leurs tickets à prix d'or, Patti Smith égrène les noms de ses morts. Le tien résonne au micro. Maria Schneider est applaudie.

Elle semble être là à jamais, cette scène du *Tango*. Alors que j'écris sur toi, je vois une photo du film défiler sur mon compte Twitter. L'édition américaine de *Elle* revient sur l'épisode du « viol ». Le monde occidental, en cet automne 2016, semble découvrir les violences faites aux femmes et les abus exercés par certains artistes sur de très jeunes filles. Quelques jours auparavant, le photographe David Hamilton s'est donné la mort après les révélations sur les outrages qu'il faisait subir à ses jeunes modèles. Michelle Obama, la femme du président des États-Unis, vient de prononcer un discours cinglant contre le comportement sexuel de Donald Trump. L'heure n'est plus au silence. La parole a supplanté la honte.

Le magazine *Elle* a exhumé une vidéo de Bertolucci tournée à la cinémathèque à Paris en 2013. Le cinéaste s'explique avec une décontraction totale : « La scène du beurre est une idée que j'ai eue avec Brando le matin avant le tournage. » Il avoue s'être senti « horrible » dans la façon dont il t'a traitée, mais se justifie : « Je voulais qu'elle réagisse comme une fille, pas comme une actrice. Je voulais qu'elle se sente humiliée. » Il ajoute se sentir « coupable », mais dit ne rien « regretter », contrairement à ce qu'il a dit au lendemain de ta mort. « Pour obtenir quelque chose, on doit être complètement libre. Je ne voulais pas que Maria joue l'humiliation et la colère, je voulais qu'elle ressente la colère et l'humiliation. Elle m'a haï pour le restant de ses jours. » L'art avant tout. Tu n'étais somme toute pour lui qu'un dommage collatéral. Tu avais déjà tout dit, à tant de reprises, tu avais crié dans le vide, personne n'avait voulu t'entendre. Une ancienne tox ne pèse rien face aux monstres sacrés.

En 2013, personne n'avait cru bon de relever les propos du cinéaste. Ressurgissant sur Internet, la vidéo enflamme la Toile. Le *New Yorker* et le *Guardian* anglais se réveillent. Puis c'est au tour de *Vanity Fair*, des médias espagnols, latino-américains, italiens. L'heure est venue de dénoncer les coupables et, à travers eux, de faire le procès d'une époque, celle des années 70 où, sous couvert de libération sexuelle, l'on acceptait tous les abus. *Le Parisien* reprend l'article du *Elle* américain : « *Dernier Tango à Paris*, Bertolucci et Brando ont planifié le viol de Maria Schneider. » La polémique se répand sur Twitter, dans toutes les langues et sur tous les continents. L'actrice vedette Jessica Chastain se fend d'un message assassin : « Pour tous ceux qui adorent ce film, vous regardez une jeune femme de 19 ans en train de se faire violer par un homme de 48 ans. Le réalisateur a planifié ce viol. Cela me rend malade. » Il est retweeté des dizaines de milliers de fois.

Face à la déferlante, Bertolucci décide de sortir de son silence par un communiqué qui commence par cette phrase dérangeante : « Je voudrais, pour la dernière fois, clarifier un malentendu ridicule qui continue à être rapporté à propos du *Dernier Tango à Paris* dans les journaux du monde entier. » N'hésitant pas à revenir sur ses propos passés, il tricote une nouvelle version : « Certains ont pensé et pensent que Maria n'avait pas été informée de la violence subie. Faux ! Maria savait tout parce qu'elle avait lu le scénario où tout était décrit. La seule nouveauté était l'idée du beurre. » Il ment, il le sait, tu n'es plus là pour le contredire et donner ta version de ce « malentendu ridicule ».

Le XXIe siècle que tu as si peu connu, Maria, sera celui de la rédemption morale, celui où les perversions millénaires sont jugées insoutenables. Les victimes sont désormais écoutées, leurs bourreaux cloués au pilori médiatique. Au moment où le tien tente de misérables explications, d'autres martyrs sortent du silence. Les chanteuses Lady Gaga et Madonna estiment que le temps est venu de hurler haut et fort qu'elles ont été abusées. L'acteur et réalisateur Tim Roth révèle l'identité de celui qui l'a violé dans son enfance, son grand-père. Pédophilie, inceste, viol sont sur la place publique et les noms de ceux qui les ont perpétrés jetés en pâture. Ce n'est qu'un début. Un an plus tard, c'est un géant d'Hollywood, le tout-puissant producteur Harvey Weinstein, qui est accusé d'agressions sexuelles par des actrices. La parole ne se libère plus, elle se déchaîne. Un article de presse évoque « la culture du viol dans le cinéma ». Pour l'illustrer, la photo de Brando allongé sur ton dos pendant que tu te débats. Tu es morte depuis six ans, le *Tango*, lui, est toujours là. Dans tous les milieux, les femmes « balancent leur porc » sous le hashtag du même nom.

Ton porc, tu l'aurais trouvé pathétique, ce vieux Bertolucci se contredisant tant d'années plus tard. Tu te serais amusée sans doute de le voir traqué ainsi, de sentir sa peur, lui qui t'a terrorisée. Tu aurais noté qu'il aura bien du mal désormais à les financer, ses films, et que sa défense n'a malheureusement pas d'autres sens que de préserver ses intérêts ou son image pour la postérité. Peut-être n'aurais-tu même pas pris la peine de commenter, tu te serais contentée de ton sourire en coin, de cette moue moqueuse qui n'appartenait qu'à toi.

Pour ta dernière apparition télévisée, je t'avais accompagnée. Tu ne voulais plus de photos, plus d'interviews depuis longtemps déjà. Quelque temps auparavant, tu avais décliné l'offre de *Libération* de te consacrer un portrait en quatrième de couverture. Tu jouais ton propre rôle dans *Les Acteurs* de Bertrand Blier, cette proposition d'une pleine page aurait été jugée alléchante par toute autre que toi. Le père de ma fille était rédacteur en chef d'une émission culturelle sur France 4, les présentateurs rêvaient de t'avoir sur leur plateau. Tu t'étais laissé convaincre parce que tu avais une cause à défendre, tu étais alors la marraine du festival du jeune cinéma italien.

Tu es arrivée tendue dans la loge. Avec A. nous t'avions promis de ne pas te lâcher. Tu as commandé un verre de vin rouge pour te relaxer, l'émission se déroulait en direct dans une boîte de nuit à une heure tardive, le bar était ouvert à volonté. Tu as refusé que la maquilleuse pose ses pinceaux sur ton visage. « Je me maquille toute seule. » Tu as sorti un crayon noir gras de ton sac pour charbonner tes yeux, une poudre compacte, du mascara, tu as posé un trait de rouge sur tes lèvres. Tu t'es retournée vers nous pour vérifier que tout allait bien. Je n'ai pas osé te dire que le résultat aurait été meilleur si tu avais accepté les services d'une professionnelle. Tu avais travaillé tout l'après-midi pour apprendre les titres des films par cœur ainsi que les informations sur le festival que tu venais promouvoir.

Sur le plateau, tu serres dans tes mains une pochette en plastique transparente de couleur rouge à l'intérieur de laquelle tu as glissé tes fiches, comme une écolière s'accroche à ses antisèches. Comme d'habitude, tu portes des jeans, une chemise blanche d'homme et un manteau trois-quarts bordeaux. Tes cheveux sont très longs et une frange indomptable mange ton front. La musique qui émane de la piste de danse semble te déranger, tu ajustes régulièrement l'oreillette et tu fais parfois répéter les questions. Le présentateur te sent crispée, il tente une bonne vieille technique d'intervieweur, flatter l'ego de l'artiste récalcitrant pour l'amener à répondre à la question qu'il souhaite poser. Il évoque la cinquantaine de films dans lesquels tu as joué. Tu souris. Coquette, tu corriges, « cinquante-huit ». Sans doute dans ce chiffre comptes-tu tes simples apparitions. Tu n'es pas là pour jouer à la gentille fille. Lorsque le journaliste parle de *La Repentie*, le long-métrage de Laetitia Masson sorti en 2002 dans lequel tu joues un petit rôle aux côtés d'Isabelle Adjani, tu balances : « Ce n'est pas un très bon film, pas un film sincère, un film de commande. » Tu souris à nouveau lorsque tu racontes que c'est le cinéma italien et le néoréalisme en particulier qui t'ont donné envie de devenir actrice. Tu cites *L'avventura*, *Blow-Up*, *Le Désert rouge*. L'animateur t'écoute poliment. Ce n'est pas ce qu'il veut entendre. Il t'entraîne sur la piste du *Tango*. Tu l'as compris, mais tu fais mine de ne pas t'en apercevoir. Tu éludes si habilement qu'il s'excuse presque de t'interroger. Tu réponds finalement : « Ce film reste dans l'histoire du cinéma, ce n'est pas celui que je préfère. Brando s'est senti grugé, violé, abusé. Moi aussi. Mais il avait cinquante ans et j'en avais vingt. » Au sujet de Bertolucci tu répètes : « Je ne lui ai jamais pardonné. » Tu glisses sur Rivette et Garrel qui, eux, « ne considèrent pas les acteurs comme des objets de fantasme ». Puis, comme si tu te rappelais soudain ce qui t'avait conduite là, tu retournes au cinéma italien, tu fais rouler les « r » et chanter les noms de réalisateurs mythiques. Zeffirelli, Comencini, Antonioni, Moretti, Benigni, Tornatore... Ta voix de gorge m'emporte vers la péninsule.

Le film n'est jamais sorti en France. Je ne l'ai pas vu. Pourtant, il m'est familier. Pendant plusieurs semaines, il a occupé les conversations dans notre appartement du 13e arrondissement. Il a pour titre *Une saison de paix à Paris* et a été réalisé par le Serbe Predrag Golubovic en 1981. Il a été présenté au 12e Festival international de Moscou cette année-là et a remporté un Prix spécial. Maria y joue le rôle d'Elen. Elle avait accepté le personnage à condition qu'elle n'ait pas à jouer de scène de sexe, comme elle le faisait désormais pour tous les scénarios qui lui étaient soumis. Elle partage l'affiche avec l'acteur Dragan Nikolic et Alida Valli, l'Italienne aux plus de cent films, qui joua dans *Le Procès Paradine* d'Hitchcock, *Le Troisième Homme* de Carol Reed puis avec Luchino Visconti dans *Senso* et Michelangelo Antonioni dans *Le Cri*. Elle a également été à l'affiche de deux films de Bernardo Bertolucci, *La Stratégie de l'araignée* en 1970 et *1900* six ans plus tard. Entre-temps, le metteur en scène avait brisé Maria avec son *Tango* mortifère.

Je ne sais pas grand-chose de cette *Saison de paix à Paris*, sinon que maman a joué dedans. Maria l'avait entendue parler de ses rêves d'actrice, elle lui avait proposé une courte apparition. Elle devait incarner une employée d'hôtel. À la lecture du scénario, ma mère s'est souvenue de ce que lui avait dit la sienne, splendide et vénéneuse Haïtienne élevée dans la haute société de Port-au-Prince qui avait décroché avant guerre quelques petits rôles dans des superproductions hollywoodiennes : « Si tu veux faire du cinéma, refuse toujours les emplois de bonniche, ce sont ceux que l'on réserve aux femmes de couleur. » Maman est passée outre. À cette époque, elle créait des colliers ras-du-cou en perles multicolores qu'elle montait sur un minuscule métier à tisser. Elle accrochait ceux qu'elle gardait pour elle à des clous plantés sur le mur peint en noir derrière son lit. C'était la première fois qu'elle s'autorisait à travailler après avoir quitté son emploi de vendeuse en librairie pour se consacrer à nous. Elle n'avait pas encore quarante ans et une beauté explosive. La perspective d'une expérience au cinéma avait tout pour la réjouir.

J'ai une dizaine d'années au moment du tournage, et je n'ai jamais vu ma mère sourire autant. Au-delà des prises qui la concernent, elle reste sur le plateau des heures entières pour assister aux scènes, nombreuses, dans lesquelles elle ne figure pas. Une photo en noir et blanc du tournage la montre derrière la réception d'un hôtel. Elle y porte ses cheveux en boule afro et ses propres vêtements : un gilet ethnique en laine bouillie sans manches, sur une blouse décolletée. Seul le casque de standardiste accroché autour de son cou ne lui appartient pas. Ses doigts fins reposent mollement sur le rebord en bois foncé du comptoir. Maria regarde dans le vide. De l'autre côté, l'acteur serbe baisse la tête. Personne ne fixe l'objectif qui apparaît en reflet dans le miroir de la réception entre les mains du chef opérateur.

Des années plus tard, je découvre par hasard un autre nom que je connais au bas du générique, celui de Daniel Gélin. Pour ce film qui ne laissera aucune autre trace que dans nos souvenirs, Maria avait tenu à réunir quelques pièces de sa famille.

L'eau est si glacée que ma peau pourtant bronzée prend une teinte écarlate. Après une heure de marche, je suis là, au pied de la cascade qui se brise avec fracas sur les cailloux froids et le limon durci. La chute d'eau est si vive que partout autour l'air s'est transformé en brumisateur géant. Je tiens la main de Marie, l'amie de toute une vie, elle m'a entraînée ici pour que nous y fassions un vœu. Nous sommes dans un canyon nommé Tahquitz, dans le désert, à deux heures de route de Los Angeles. Le premier chaman indien y a vécu, raconte la légende locale. Pour la quatrième fois en deux ans je suis en Californie. Je n'ai d'abord rien vu d'autre dans ces voyages à répétition que les hasards de la vie qui me conduisaient ici pour les besoins de mon travail ou celui de passer du temps avec Marie. Dans ce paysage de pierres sèches et monumentales, sur les chemins rocailleux que nous avions décidé d'emprunter pieds nus, j'ai compris que je te cherchais. Je suis venue cette fois sans autre excuse que de continuer ce livre. Marie préparait une exposition de ses peintures, nous avions décidé de travailler ensemble. Lors de mes précédents périples j'avais remarqué que Los Angeles me réussissait mieux que Paris pour parler de toi. Peut-être parce que tu y as vécu, sans doute bercée par la sensation folle de baigner dans l'air que tu as respiré, de me gaver de la lumière qui t'a portée.

Que s'est-il passé lors de ces trois années où tu t'es réfugiée ici par intermittence, entre deux tournages et d'autres échappées ? Ces trois années après le film, celles de la rencontre avec Patti Smith et avec Bob Dylan, celles de la plongée dans la drogue, celles d'une fuite aussi obstinée que vaine. Je ne le saurai jamais. Je ne cherche pas à le savoir. Je préfère imaginer, t'imaginer.

En cette année 1973, aux États-Unis, la Cour suprême a légalisé l'avortement, le Sénat a ouvert une commission d'enquête sur le scandale du Watergate, les Indiens du Dakota du Sud protestent contre les conditions de vie dans les réserves et exigent la reconnaissance de leurs droits et de leurs terres, la guerre du Vietnam prend fin dans le chaos. En 1974, le 9 août, Richard Nixon démissionne de la présidence des États-Unis. En 1975, Saïgon tombe entre les mains des communistes dans l'indifférence totale des Américains, un accord commercial est signé entre l'Union soviétique et les États-Unis, le syndicaliste mafieux Jimmy Hoffa disparaît, probablement assassiné par la Mafia. Je ne suis pas convaincue que cette actualité ait été au cœur de tes préoccupations. Je te vois vêtue de ces longues chemises que tu portais alors, boucles d'oreilles et bracelets en argent sonores sur tes poignets. Je te vois regarder ce ciel presque toujours bleu qui fait de la Californie un lieu si réel et cinématographique à la fois. Je te vois à la recherche de compagnons pour lesquels tu n'es rien d'autre qu'une jeune et sauvage beauté brune. Je te vois entourée d'artistes, de hippies, en quête d'une spiritualité que tu as toujours cherchée. Je te vois dans des maisons de bois ou de béton peintes, dans les quartiers de cette ville qui n'en est pas une, dans cette cité tentaculaire où l'on ne se déplace qu'en voiture, où les badauds sont suspects, cette ville si difficile à aimer au premier abord. J'entends de la musique autour de toi, des accords de guitare et des ballades folk. Je te vois réchauffer tes mains sur les flammes d'un feu de camp lorsque le soleil disparaît. Je t'imagine alanguie sur la plage, encore habillée pour te protéger de la chaleur et des regards vicieux, à bonne distance de cette mer trop froide pour la fébrilité qui t'anime. Je te vois en mouvement, glissant d'un endroit à un autre, je te vois dans le désert, dans une torpeur écrasante, chercher des sensations de calme que l'on ne trouve qu'au bout du monde.

Je suis ici, dans ce canyon, allongée sur une grande pierre plate que j'ai choisie parce qu'elle était fendue en deux. Je regarde au loin, après le désert, après la montagne qui se découpe auréolée de poussières de neiges éternelles. Je ne me suis jamais sentie aussi proche de toi.

C'était ton film préféré. Pourtant, j'ai chronométré, on ne t'y découvre qu'à la vingt-neuvième minute. C'est long pour un premier rôle et ton arrivée tardive en dit beaucoup sur la place des femmes dans le cinéma de ces années-là. Tu es assise sur un banc en train de lire. Tu portes une blouse verte et tes cheveux sont coupés court, formant comme une couronne mousseuse autour de ton visage. La drogue n'a encore atteint ni ton sourire d'enfant ni tes joues rebondies. Il faut ensuite attendre une demi-heure de plus pour t'apercevoir à nouveau aux côtés de l'acteur vedette. Là encore, tu lis sur un banc. À cette époque, les gens lisent sur des bancs. Ils n'ont pas de portables à manipuler ni d'écouteurs à ajuster. Tu es vêtue d'une jupe et d'un chemisier fleuri. Vous êtes à Barcelone, vous vous croisez dans les dédales d'un parc et vous parlez de Gaudí.

Profession : reporter est un film d'hommes qui raconte l'histoire d'un homme en perdition. Le personnage principal est joué par Jack Nicholson. Il incarne David Locke, un grand reporter qui se trouve en Afrique pour y tourner un documentaire. Dans un hôtel minable et perdu au milieu de nulle part, il décide de prendre l'identité de son voisin de chambre, un businessman retrouvé mort dans des circonstances troubles. S'ensuit un thriller lent et moite où le faux homme d'affaires est poursuivi par de vrais bandits, jusqu'à une mort inéluctable. On ne sait rien de toi, aucune indication n'est mentionnée concernant ta biographie. Tu es là sans être là, la vie semble t'avoir quittée depuis longtemps, tu survoles la pellicule comme un fantôme. Tu es là pour rencontrer cet homme et le suivre, quoi qu'il arrive. Tu es soumise encore une fois, mais cette soumission n'a rien à voir avec celle du *Tango*, elle est consentie. Vous formez un couple à la dérive, qui parle peu et semble se comprendre en un regard, s'aimer sans faire l'amour. Nicholson a quinze ans de plus que toi et il est l'un des acteurs les plus prisés d'Hollywood. Après *Easy Rider* de Dennis Hopper, il a tourné dans *Chinatown* de Roman Polanski. L'année de *Profession : reporter*, en 1975, il sera également à l'affiche de *Vol au-dessus d'un nid de coucou*. Tu le respectes, mais son parcours ne t'impressionne guère. Pas plus qu'avec Brando, tu ne te conduis en groupie. La célébrité des autres ne te fait aucun effet. Michelangelo Antonioni, Palme d'or pour *Blow-Up* à Cannes en 1967, ne t'intimide pas davantage que tu ne l'avais été par Bertolucci. À part ton père, et cela n'a duré qu'un temps, tu ne te pâmes devant personne.

Tu reviens de Los Angeles, d'un autre continent, d'un monde apparemment différent, assommée de chaleur et de piqûres d'héroïne, de promenades dans le désert sous Mandrax que tu avales avec de la bière, de rencontres autour d'un joint. La végétation rare et sèche du sud de l'Espagne dans laquelle Antonioni a choisi de tourner ne te dépayse pas. Tu sembles continuer à vivre à ton rythme, écrasée par le soleil. La langueur du film te va bien. L'urgence et la tension aussi qui affleurent sous la lenteur des plans. *Profession : reporter* parle de mensonge, d'identité, de qui l'on est vraiment, de la tentation universelle de quitter sa vie pour une autre.

En anglais, il s'appelle *The Passenger*. Tu es une passagère, Nicholson est un homme de passage. Tu l'aides à fuir et il t'aide à te fuir.

Lorsque tu étais malade, nous nous retrouvions au RUC, cette brasserie réhabilitée par la famille Costes, à deux pas du Louvre. Elle avait le double avantage d'être située non loin de chez toi et d'afficher une forme de luxe que tu as toujours appréciée. Le velours rouge des canapés, les tables vernies noires, les dorures, la discrétion des serveurs te faisaient sentir comme dans un cocon. Tu y avais ta place préférée, à gauche en entrant, dos à la fenêtre, sur une banquette moelleuse. Longtemps, tu y avais été accueillie avec l'extrême amabilité que les personnels des établissements branchés accordent aux vedettes, même déchues. Avec la maladie, le service n'avait apparemment pas changé, mais tu devenais une gêne. Tes cheveux étaient blancs, tes traits plus tirés que jamais, des poches se dessinaient sous tes yeux, tu toussais trop et trop bruyamment, tu t'étranglais en mangeant. Tu m'avais raconté qu'une fois, à force de manquer d'air dans tes poumons amputés, tu avais vomi dans ton assiette. Tu n'étais plus vraiment la bienvenue au RUC ni dans les autres restaurants que tu fréquentais. Les serveuses au physique de mannequin te regardaient avec une forme de pitié teintée d'agacement. Les gens bien portants n'aiment pas la maladie.

Heureusement, il y a les photos. Les photos de maman, celles qu'elle a prises de toi par centaines, des rouleaux entiers de pellicule, depuis tes premiers pas. Je m'y plonge avec douceur lorsque les traits de ton incurable maladie m'empêchent de dormir, lorsque je veux oublier ton teint gris, tes cheveux blancs, ta maigreur, le souffle affreux qui s'échappe de ta gorge. Moi non plus, tu t'en es peut-être doutée, je n'aime pas les malades. La mort brutale m'est plus familière que l'agonie. Je n'aime pas t'écouter dire que tu t'en sortiras alors que je te sais condamnée, je n'aime pas les regards des gens sur toi, ceux qui devinent que tu n'en as plus pour très longtemps, je n'aime pas avoir à rechercher dans un sourire, une brillance dans tes pupilles, les signes de ta beauté passée. Je n'aime pas cette toux qui coupe nos conversations et rappelle sans cesse la maladie entre nous. Je n'aime pas que tu me parles des méfaits de la cigarette, même si je sais que tu as raison. La cigarette c'est toi, les nuages de fumée mêlés à l'odeur de patchouli que je sentais dans tes cheveux lorsque je m'y blottissais enfant.

Sa voix me cueille sans que j'aie eu le temps de m'y préparer. Je suis à Saint-Tropez, en reportage pour le journal. Je déjeune ce jour-là avec Bernard d'Ormale, le mari de Brigitte Bardot. Parmi la série de six articles qui m'a été commandée, l'un est consacré à l'icône du port de pêche préféré de la jet-set mondiale. « Brigitte », comme on l'appelle ici, se cache depuis plusieurs années déjà. On ne la voit plus au village, elle se contente d'allers-retours en catimini entre ses deux maisons transformées en zoo. Elle a tenu la promesse qu'elle s'était faite avenue Paul-Doumer en cette année 1973, elle n'a plus jamais tourné et a consacré le reste de sa vie à la défense des animaux. Sa santé est fragile. Elle ne veut pas être vue ainsi, préférant laisser le souvenir de sa spectaculaire silhouette mille fois photographiée, fière et sauvage, arpentant pieds nus les rues de la vieille ville. Sa beauté l'a encombrée, elle refuse d'imposer sa vieillesse aux admirateurs qui continuent chaque jour à se masser devant son portail. C'est son époux qui se charge désormais de parler aux autres, aventurier élégant, ami de Jean-Marie Le Pen chez qui ils se sont rencontrés. Il est son lien avec le monde extérieur, l'intermédiaire avec les autorités locales, le porte-parole officieux, le protecteur. D'Ormale ne cherche pas à jouer un autre rôle que celui que la vie lui a assigné, celui de dernier mari.

Nous sommes attablés à la terrasse de l'hôtel de la Ponche, face à la mer, cet hôtel où Brigitte Bardot a passé sa première nuit avec Gunter Sachs, là encore où elle sirotait des limonades avec Roger Vadim qui en fit une star dans *Et Dieu créa la femme*, cet écrin tropézien qui abrita sa passion avec Jean-Louis Trintignant. Bernard d'Ormale n'est pas un homme jaloux. Il n'est pas le plus prestigieux des amants de Bardot, mais il se satisfait de l'avoir eue pour lui le plus longtemps. Il grignote une salade en homme soucieux de continuer à porter beau. Il évoque « Brigitte » et Saint-Tropez, Saint-Tropez et « Brigitte », les sollicitations permanentes d'inconnus dont elle fait l'objet et auxquelles elle passe des heures à répondre, à la main, sur du papier blanc. Il me parle de son combat en faveur des animaux qui l'épuise, de ses problèmes de santé. Son ton est doux, il se fait du souci pour elle. À la fin du repas, j'évoque ton nom. Il s'étonne de notre lien de parenté, se souvient des coups de téléphone que Brigitte te passait tous les dimanches et du chagrin que lui a causé ta mort. J'ose lui dire que j'aimerais l'entendre te raconter, parce que je sais combien elle a compté. Elle ne veut voir personne, me répète-t-il, mais me parler au téléphone, sans doute, oui, essayons. Brigitte Bardot décroche, quelques mots la convainquent d'échanger avec moi. D'Ormale me tend le combiné. Derrière lui, sur le mur ocre, une affiche dédicacée d'*Et Dieu créa la femme* nous regarde. La voix est inchangée, elle a conservé le timbre granuleux du temps des films. Ton prénom résonne à mon oreille comme un écho lointain. Maria... Bardot remonte le passé à longues et soyeuses foulées arrière. « Elle était perdue, je l'ai recueillie comme un petit chat abandonné et on s'est bien amusées ! » Elle ajoute qu'elle ne t'a plus revue après le *Tango*. Son récit se suspend quelques secondes, elle paraît réfléchir. « Elle n'a pas eu de chance », lâche-t-elle enfin, avant de se reprendre : « Enfin si, elle a eu de la chance et pas de chance à la fois. » Tu l'as rappelée quand tu étais malade. Elle a trouvé ça « normal, l'amitié c'est comme ça, on peut s'être perdu de vue et se retrouver comme si de rien n'était ». Elle t'a proposé de venir lui rendre visite, tu ne souhaitais pas qu'elle te voie « comme ça ». Elle a compris. C'est ainsi qu'ont débuté les conversations du dimanche. Je lui dis maladroitement merci pour tout ce qu'elle a fait pour toi. Elle s'emporte presque, « il n'y a pas à remercier, c'est normal.

– Tout le monde n'aurait pas fait ça. – Je ne suis pas comme tout le monde ! » Elle me lance : « Et vous, qu'avez-vous fait pour elle ? – J'ai essayé d'être là. » Je le dis et j'ai honte. Est-on assez là pour quelqu'un qui va mourir ?

Les médecins t'ont autorisée à retourner chez toi après les derniers traitements et avant la « maison de repos » dont on ne ressort pas. Désormais, tu reçois à domicile, toi qui préférais toujours sortir. Je découvre l'appartement du Palais-Royal dans lequel toi et A. aviez honte de nous accueillir tant il dévoilait la précarité de votre vie. Il est encore plus petit que je ne l'imaginais et peine à contenir les souvenirs de décennies passées ensemble et le nécessaire du quotidien. Tu es trop faible pour quitter ton lit, mais c'est avec joie que tu acceptes les visiteurs triés sur le volet. Ceux qui viennent ici arrivent avec du champagne que l'on débouche immédiatement quelle que soit l'heure de la journée sous le regard désapprobateur de A. Les autres cadeaux semblent peu t'intéresser, à part le colis que t'envoie Brigitte de Saint-Tropez, avec constance et minutie. Il y a du champagne dedans bien sûr, de la nourriture aussi. Bardot tient à tenir son rôle jusqu'au bout, celui de la mère attentive que tu n'as pas eue.

Lors de ma dernière visite, tu es plus affaiblie que jamais. Tu ne peux te déplacer sans t'appuyer sur l'épaule de A. qui te soutient par la taille. Les gestes les plus simples te sont difficiles et douloureux. Cette dépendance, qui s'est brutalement installée, te rend de mauvaise humeur. Tu râles et tu pestes. A. encaisse, courageuse et dévouée, toujours.

J'arrive en milieu d'après-midi. Je n'ai pas encore ôté mon manteau que tu me glisses que Nan Goldin vient de partir. Tu as retrouvé toute ta vivacité, elle t'a offert un appareil photo, tu me le montres avec la fierté d'une enfant exhibant son dernier jouet. Ton amie photographe t'a assuré qu'il était simple à utiliser. Tu veux à tout prix l'essayer. Je suis allongée à côté de toi sur le lit. On sirote une coupe de champagne en parlant de tout et de rien, sauf de la maladie. Tu donnes des instructions à A. pour qu'elle nous prenne en photo. Tu t'agaces qu'elle n y parvienne pas de suite. Tu te lèves et essayes à ton tour. Nous rions de voir l'appareil nous résister. Une vingtaine de clichés sont finalement pris. Un instantané de légère ivresse et d'éclats de rire. Un moment comme nous n'en avons pas assez eu ensemble. Je quitte finalement ton lit en t'embrassant, il est temps de laisser la place. Une autre de vos amies, Andréa Ferréol, l'actrice de *La Grande Bouffe* de Marco Ferreri, arrive à son tour avec une bouteille de champagne. « Pas deux visites à la fois », a ordonné A.

Tu n'es plus là depuis longtemps déjà. Au cours d'un déjeuner où nous ne parlons que de toi, je demande à A. ce que sont devenues les photos de ce jour-là. Elle me dit qu'elle les a transférées sur son ordinateur. Elle va les retrouver et me les envoyer. Je me réjouis tellement de les voir, de les avoir. Il n'en existe à ma connaissance pas d'autres où nous ne figurons que toutes les deux. Le temps passe sans nouvelles, A. a sans doute oublié. Elle ploie sous le chagrin, je ne veux pas trop insister. Quelques mois plus tard, je reçois enfin un fichier contenant les fameux clichés sur ma boîte mail. Je ne parviens pas à l'ouvrir, malgré de nombreuses tentatives. Nos logiciels ne doivent pas être compatibles. À chacune de nos rencontres, j'insiste, je demande à A. si elle veut bien trouver une autre solution pour me faire parvenir les photos. Elle ne dit jamais « non », elle se contente de glisser qu'elle est très occupée, que ça va être compliqué, elle ne sait plus où elles se trouvent, elle cherchera quand elle aura le temps. Sans que j'en comprenne vraiment la raison, je devine que ce moment n'arrivera pas. Je l'implore tout de même une dernière fois : j'aimerais bien avoir ces photos, ne serait-ce qu'une ou deux. C'est mon dernier souvenir de Maria. Elle me répond avec douceur : « Tu sais, en fait, elles étaient floues. »

Merci à tous ceux qui ont aimé Maria, qui l'ont accompagnée et soutenue, dans les bons et les mauvais moments.

Merci à tous ceux qui ont raconté Maria, parfois en quelques mots seulement.

Brigitte Bardot, *Initiales B.B., mémoires*, Grasset, 1996.

Fiona Gélin, *Si fragile*, l'Archipel, 2016.

Frédéric Mitterrand, *Mes regrets sont des remords*, Robert Laffont, 2016.

Eva Ionesco, *Innocence*, Grasset, 2017.

Merci à Bruno Nuytten, Serge July et Yann Le Gal, pour leur travail documentaire *Il était une fois Le Dernier Tango à Paris*, Folamour, 2004.

Merci à François Samuelson sans qui ce livre ne serait peut-être pas, à Christophe Bataille et à Olivier Nora pour la confiance et l'affection qu'ils m'ont témoignées.

Merci à tous ceux dont l'amour me porte jour après jour.

Une pensée émue et tendre pour Jean-Marc Roberts qui aurait, je le crois, tant voulu lire cette histoire.

Mise en pages PCA
44400 Rezé

CET OUVRAGE
A ÉTÉ ACHEVÉ D'IMPRIMER
SUR ROTO-PAGE
PAR L'IMPRIMERIE FLOCH
À MAYENNE EN AOÛT 2018

PAPIER À BASE DE FIBRES CERTIFIÉES

Grasset s'engage pour l'environnement en réduisant l'empreinte carbone de ses livres. Celle de cet exemplaire est de : 700 g éq. CO_2 Rendez-vous sur www.grasset-durable.fr

N° d'édition : 20583 – N° d'impression : 93099
Première édition, dépôt légal : août 2018
Nouveau tirage, dépôt légal : août 2018
Imprimé en France